Karl Knortz

Neue Gedichte

Karl Knortz

Neue Gedichte

ISBN/EAN: 9783743498570

Hergestellt in Europa, USA, Kanada, Australien, Japan

Cover: Foto ©Andreas Hilbeck / pixelio.de

Manufactured and distributed by brebook publishing software (www.brebook.com)

Karl Knortz

Neue Gedichte

Neue Gedichte

von

Karl Knortz.

Zweite, verbesserte Auflage.

Glarus.
Druck und Verlag von J. Vogel.
1893.

Prolog.

Wenn auch der Sommer Rosen bringt,
Die unser Aug' entzücken,
Es wird der traute Veilchenduft
Uns deshalb doch erquicken.

Singt noch so schön die Nachtigall
Wenn wir den Wald durchschreiten,
Sie wird der Schwalbe Zwitschern doch
Uns nimmermehr verleiden.

Lauscht stets dem Sange derer, die
Den Pegasus gepachtet,
Doch des bescheidnen Dichters Lied
Sei deshalb nicht verachtet.

Kein Märchen.

Aschenbrödel am Herde sitzt
Gar müde, elend und krank;
Für Andre sie schafft, für Andre sie schwitzt,
Und Niemand weiß ihr Dank.

Im hohen Ahnensaale lacht
Des Hauses holde Maid;
In Waffenschmuck und Jugendpracht
Geht ihr ein Ritter zur Seit'.

Aschenbrödel, die arme, betrübt
Und traurig sitzet am Herd;
Der Ritter, den sie stille liebt,
Trägt weder Panzer noch Schwert.

Heut' geht zu Ende doch ihr Leid,
Denn ihr Ritter sie nicht vergaß;
Und als er die arme Verlassne gefreit,
Trug er Hippe und Stundenglas.

Alternative.

Alles, was bescheiden,
Still mein Herz begehrt,
Götter, in der Jugend,
Oder nie gewährt.

Wißt, wenn mich des Alters
Läst'ger Druck beschwert:
Perlen in der Wüste
Haben keinen Werth.

Ungewohnt.

Ruhig eilet die Zeit
Dahin ohne Jammern und Klagen,
Und ein seltsam Geschick
Verschont mich mit brennenden Fragen.

Nirgends werde ich noch
Von fröhlichen Freunden umworben:
Auch die Feinde sind todt,
Oder bin ich wohl gestorben?

Soll dem Waldsee, umringt
Von Felsen und Tannen, ich gleichen,
Den die Ströme niemals,
Noch die Sonnenstrahlen erreichen?

Fort hinaus in die Welt
Zum Siege oder Verderben;
Wie es auch gehe, ich will
Wenigstens lebend doch sterben!

Golgatha.

Kreuz'ge, was dir lieb und werth!
Heißt es durch das ganze Leben;
Deines Herzens Ideal
Darfst du nimmermehr erstreben.

Trage Dornen um das Haupt,
Bis die Grube wird dein Bette;
Jedes Leben ist ein Blick
Nur auf eine Schädelstätte.

Die Stätte des Glücks.

Einst in hohem Greisenalter zog der ernste, sprachgewandte,
Vielgeprüfte Lehrer Saadi, so den „Glücklichen" man nannte,
Einsam durch des Ostens Fluren, durch die Wüsten, Dör=
 fer, Städte,
Um zu sehn, ob auch das Glück wohl wirklich eine Heimat
 hätte.

Und am Abend blick' in Bagdad unbemerkt er in Paläste;
Scheinbar glich daselbst das Leben einem ew'gen Freudenfeste.
Lieblich die Musik ertönte, und es schien, als ob die Mären
Aus dem goldnen Feeenreiche herrlich dort verwirklicht wären.

Wie die Edelsteine funkeln, wie die Seidenroben rauschen,
Ja, der Mensch versteht noch immer Himmelsfreuden einzu=
tauschen!
Aber Niedertracht und Laster deutlich stehn auf Aller Wangen,
Ja, ein Paradies erblickt' er, doch ein Paradies mit Schlangen.

Schwer enttäuscht und tief entrüstet lenkt' er weiter seine Schritte;
Wohnt vielleicht das Glück, so fragt' er, in des Armen
kleiner Hütte?
Und er sah hinein, es grinzten Noth und Elend allerwegen
Aus der Augenhöhlen Tiefe ihm gespensterhaft entgegen.

In der Einsamkeit der Wüste ließ der Wanderer sich nieder.
Und auf einem breiten Steine ließ er ruhen seine Glieder.
Unversehrt trotz Wind und Wetter war der Wüstenstein ge=
blieben,
"Hier nur ist des Glückes Stätte", deutlich stand darauf
geschrieben.

Und er schob den schweren Deckel schnell zur Seite nun und
blickte
In die schwarze Höhle, die zum Gruße ihm entgegen schickte
Den Geruch verwester Leichen: schnell er griff zum Wanderstabe
Und eilt' wehmuthsvoll von dannen — Saadi stand vor
einem Grabe.

Der Engel und das Kind.
Nach dem Französischen des Jean Reboul.

Ein Engel, mild und lichtumstrahlt,
Sich über eine Wiege bückt;
Es schien als ob sein Bild ihm draus
Wie aus dem Bach entgegen blickt.

„Du liebes Kind, das mir so gleicht,
O komm mit mir!" er leise spricht;
„Laß glücklich uns zusammen gehn,
Denn für die Erde bist du nicht.

Kein Mensch erlangt vollkommnes Glück,
Durch Freuden leidet nur das Herz,
Der Lust ist beigesellt das Leid,
Die schönste Stunde trübt der Schmerz.

Was sollen deine Stirne stets
In Falten legen Gram und Pein?
Was soll dein Azurauge stets
Mit Thränensalz verbittert sein?

Darum entfliehe nun mit mir
In's weite Reich der Ewigkeit,
Wo für dein Erdenleben dir
Ersatz das Paradies verleiht.

Mög' Keiner klagen, Keiner sein,
Der thränenvoll in's Aug' dir blickt;
Mög' sie dein letzter Blick erfreun,
Wie sie dein erster hat entzückt.

Und Schatten werfe nicht das Grab,
Und jede Stirne zeige Ruh,
Der schönste Tag der letzte ist,
Dem, der so rein noch ist, wie Du!"

Er hob die Flügel und indem
Er seinen letzten Gruß entbot,
Flog er in's ew'ge Reich des Lichts —
O Mutter, sieh, dein Sohn ist todt!

Tugend.

Irrig ist's, der Pfad der Tugend
Sei beständig steil und rauh,
Denn er geht ja doch nur über
Eine blumenreiche Au.

Was gewähret uns mehr Ruhe
Als ein pflichtgetreuer Geist?
Und wo finden bessern Trost wir,
Als die Sanftmuth uns verheißt?

Freude bringt uns doch die Rose
Mehr als Schmerz der kahle Dorn;
Segen spendet uns die Milde,
Ungemach schafft uns der Zorn.

Darum pflege jede Tugend,
Denn ihr Dienst ist leicht und schön;
Und der Reiz des schnöden Lasters
Kommt uns höher stets zu stehn.

Einem Freunde.

Was, du klagst, weil deine Werbung
Scheinbar findet taube Ohren,
Und du schmähest die Geliebte,
Weil der Liebe Müh' verloren?

Leicht sind an der Oberfläche
Schlechte Erze ja zu haben;
Suchst du köstliche Metalle,
Tief und lang mußt du dann graben.

Im Walde.

In dem schattenkühlen Wald,
Wo die Freude lächelt,
Nehm ich meinen Aufenthalt,
Düstereich umfächelt.

Ohne Rast und ohne Ruh
Ist das Menschenleben;
Singet, Vöglein, munter zu,
Blühet, wilde Reben!

Bächlein, trage durch das Thal
Weiter deine Lieder;
Selten stahl ein Sonnenstrahl
Sich zu dir hernieder.

Nah' ich, sucht die Vogelschaar
Schutz im Blätterschooße,
Und das Bächlein spricht nur klar
Mit dem Usermoose.

Gleich ich wohl dem Knaben, der
Vor der Kirche lärmet,
Und der Frommen Andacht schwer
Durch sein Spielen härmet?

Materialismus und Romantik.

Lehrt mit bezaubernder Klarheit
Alles sei Kraft nur und Stoff,
Ehret die nüchterne Wahrheit,
Dünkt sie auch Manchen zu schroff.

Lehret, daß Liebe und Treue,
Hoffnung und Mitleidsgefühl,
Und was das Herz sonst erfreue,
Sei nur mechanisches Spiel.

Treibet nur immer das Dunkel
Aus der umnachteten Welt;
Mir im romant'schen Gefunkel
Alles doch besser gefällt.

Stets durch das Weltall geschaukelt
Sind wir der Täuschungen Raub;
Stets theatralisch umgaukelt
Uns ja nur wechselnder Staub.

Hell auf der Weltbühne Rampe
Leuchte der klare Verstand;
Schöner im Lichte der Lampe
Strahlet doch Flitter und Tand.

Marsyas.

Als die Lieblingstochter Jovis in unzähl'gen Mußestunden,
Wie die alten Dichter schreiben, einst das Flötenspiel erfunden,
Stieg sie hin auf den Olympos, um im lichten Göttersaale
Allen ihre Kunst zu zeigen nach dem eingenommnen Mahle.

Alles horchte, Alles lauschte, jene Stunde ward zur Feier,
Daß Apoll voll Wehmuth blickte auf die goldgeschmückte
Leyer.
Hero doch und Aphrodite fast vor Lachen drob erstarben,
Weil sie sich ja mit Athene um der Schönheit Preis be=
warben.

Pan, der Hirtengott, erhob sich und erklärte unerschrocken:
Keiner kann der Lyra solche Zaubertöne doch entlocken;
Völlig Recht gab ihm gleich Midas, ganz im Kunstgenuß
verloren,
Und er ward für seine Keckheit heimgeschickt mit Eselsohren.

Zornig floh indeß die Göttin in des Ida dunkle Schatten,
Und bei einer Silberquelle, eingefaßt mit Blumenmatten,
Ließ sie unmuthsvoll sich nieder und ergriff die theure Flöte,
Daß durch süße Melodieen ihren Aerger sie ertödte.

Plötzlich sah im Wasserspiegel sie ihr Antlitz, das entstellte,
Sah mit Schreck, wie's Spiel der Flöte ihre Backen hoch
anschwellte;
Wie es ihren Mund verzerrte, und das Instrument entrüstet
Warf sie fort, laut Den verfluchend, den's nach ihrem Spiel
gelüstet.

Heimatlos, ohn' Weib und Kinder, soll er durch das Leben
irren,
Fledermäuse und Vampyre sollen ihm das Haupt um=
schwirren;

Krankheit, Mißgunst, Neid und Elend, kurz, die schwersten aller Leiden
Sollen Tag und Nacht ihn treulich bis zum Grabe hin begleiten.

Marsyas, der arme Satyr, fand das Unglücksrohr im Walde,
Und er setzte an den Mund es, blies dann, daß es weithin hallte;
Blies darauf so lange, bis er solche Meisterschaft erlangte,
Daß es ihm sogar zuletzt nicht vor Apollo's Spiele bangte.

Uebermüthig er Apollo dann zu fragen sich erkühnte,
Wer mit seinem Spiel den Vorzug bei den Göttern wohl verdiente?
Und man ließ sie beide spielen, Marsyas spielte unvergleichlich
Und es spendeten die Hohen ungetheilten Beifall reichlich.

Drob ergrimmt und tief verdrossen griff Apollo in die Saiten,
Ließ die wohlgeschulten Finger ausdrucksvoll darüber gleiten;
Seine Weisen, seine Lieder alle Götter so entzückten,
Daß sie ihm den Kranz des Siegers auf die hohe Stirne drückten.

Marsyas rief: „Mich gereut es!" doch statt Worte zu erwidern,
Zog Apollo blutig grausam ihm die Haut von allen Gliedern;
Aufgedeckt lag Sehn' und Muskel, aufgedeckt das Eingeweide,
Und des Todesröchelns freute sich der Sänger ihm zur Seite.

Alles klagte, Alles weinte, Faune, Nymphen, Satyrbrüder,
Stromweis sanken hin die Thränen auf den trocknen Boden
nieder;
Doch die Erde gab zurück sie, Achtung sie dem Armen zollte:
Lautre Wellen bald des Todten Strom durch Phrygien
hinrollte.

Fließe weiter, edler Bergstrom, allen armen Dulderseelen,
Die nach Idealen streben und sich bang durch's Leben quälen,
Rufe zu das Wort des Trostes: „Was ihr thut, ist nicht
verloren,
Wenn es auch in andern Formen wird zum Leben neu=
geboren!"

Lieder.

I.

Braust noch so sehr der Ocean
Im wilden Wellentanz,
Er birgt in seinem Busen doch
Der Perlen Zauberglanz.

Sei noch so spröd' und noch so kalt
Die vielgeliebte Maid,
Ihr Herze ist trotz alledem
Der Liebe Lust geweiht.

Wenn Abenddunkel noch so sehr
Der Sterne Heer umstrickt,
Der Adler, der zum Himmel strebt,
Doch ihren Glanz erblickt.

II.

Eine Sprache ist die Schönheit,
Die das Menschenherz erquickt;
Mich entzücken nur die Augen,
Die mich liebend angeblickt.

Nektar wohnt auf Frauenlippen
Spricht, wer in der Liebe Bann;
Nimmermehr doch werd' ich's glauben,
Wenn ich ihn nicht nippen kann.

III.

Das edle Taggestirne
Ist dir der Reinheit Bild,
Denn seine Flecken werden
Durch blendende Strahlen verhüllt.

Ein reizendes Mädchen im Herzen
Der Liebe schnell erweckt,
Denn seine Schwächen werden
Von seiner Schönheit bedeckt.

IV.

Mädchenfalschheit, wie es scheint,
Du nicht allzusehr beachtest,
Da schon wieder, Freundchen, du
In der Liebe Fesseln schmachtest.

Ja, ich liebe wieder; doch
Willst du mich deshalb verdammen?
Wo viel Kohlen sind, erregt
Schon ein leichter Windstoß Flammen.

V.

Wißt ihr auch, womit die Zwei
Sich im Garten unterhalten?
Jedes spricht nur von sich selbst;
Dieser Stoff wird nie veralten.

Wißt ihr auch, was Liebe ist?
Egoismus ohne Grenzen;
Jedes sucht doch nur sein Selbst
Durch ein andres zu ergänzen.

VI.

Ziehet treuer Liebe Zauber
In das Herz des Jünglings ein;
War er früher so beherzt noch,
Plötzlich wird er schüchtern sein.

Wenn die Macht der ersten Liebe
Einer Jungfrau Herz umstrickt,
Heldenmuth und Kühnheit plötzlich
Ihr aus allen Mienen blickt.

Stets sich der Charakter ändert,
Wenn im Busen Liebe wacht,
Und die Jungfrau und der Jüngling
Werden so sich nah gebracht.

Klein Karin.
(Altschwedisch.)

In des jungen Königs Halle diente treulich Klein Karin,
Unter allen andern Mädchen wie ein heller Stern sie schien.

Eines Tag's zu ihr der König sprach: „Willst du die Meine sein,
Schnelle Pferde, goldne Sättel, alles, was du willst, ist dein."

„Nicht nach goldenen Geschenken stehet, König, mein Begehr,
Gib sie deinem jungen Weibchen, aber mir laß meine Ehr'!"

„Höre doch, geliebtes Mädchen, sag zu meinem Wunsch nicht Nein,
Meine schönste goldne Krone ist, wenn du sie wünschest, dein!"

„Selbst nach deiner schönsten Krone stehet nimmer mein Begehr',
Gib sie deinem jungen Weibchen, aber mir laß meine Ehr'."

„Höre doch, geliebtes Mädchen, wenn du willst die Meine sein,
Meines Königreiches Hälfte ist, wenn du sie wünschest, dein!"

„Deines Königreiches Hälfte nimmer ich von dir begehr',
Gib sie deinem jungen Weibchen, aber mir laß meine Ehr'."

„Aber hör', geliebtes Mädchen, sagest du noch einmal Nein,
Soll ein Faß voll spitzer Nägel deine letzte Wohnung sein!"

„Ja, ein Faß voll spitzer Nägel, ja getrost ich wohn' darin,
Denn es wissen Gottes Engel, daß ich ohne Sünde bin!"

Gleich das Mädchen ward geworfen in das qualenvolle Faß
Und des jungen Königs Diener rollten es umher zum Spaß.

Und vom hohen Himmel kamen schöner weißer Täubchen zwei,
Nahmen dann des Mädchens Seele; sieh', es flogen fort nun drei.

Aus der tiefen Hölle kamen finstrer, schwarzer Raben zwei,
Holten sich des Königs Seele; sieh', es flogen fort nun drei.

Lied.

Jüngst führt' zum Walde mich mein Gang;
Im Winterkleid stand jeder Baum,
Jedoch ein einsam Vöglein sang
Ein Lied von seinem Liebestraum.

In rauher Winterstürme Flug
Verstummt doch sonst des Waldes Lust;
Jedoch das liebe Vöglein trug
Den holden Mai noch in der Brust.

Sing' weiter nur, du singest mir
Den Frühling auch in's Herz hinein;
Sing' munter nur und lasse dir
Mit meinem Dank zufrieden sein.

Wenn wild und frostig uns umzieht
Des Leids und Kummers Grabesluft,
Dann sing', o Dichter, uns ein Lied
Von Sonnenschein und Blumenduft.

Dann bade im Verjüngungsquell
Die Herzen wieder froh und rein,
Und sollte auch dir thränenhell
Ein einz'ges Aug' nur dankbar sein.

Prediger verlangt.
(Amerikanisches Inserat.)

Ein Pfarrer wird verlangt, der nimmt
Sein Auditorium im Sturme,
Für unsre Kirche, die beschwert
Mit Hypothek und goth'schem Thurme;
Ein geist'ger Simson muß er sein,
Muß leben stets nach Aller Willen;
Gilt's eine leere Kasse doch,
Und leere Stühle schnell zu füllen.

Er sei von stattlicher Gestalt,
Hab' einen Schnurbart, denn vor Allen
Muß unsren jungen Damen er
Und reichen Wittwen gut gefallen.
Die Sonntags es, zum Zeitvertreib,
Gekleidet nach der neu'sten Mode,
Im reichen Sammetkirchenstuhl
Verlanget nach des Herrn Gebote.

Er pred'ge nun und nimmermehr
Von jener schmalen, engen Pforte,
Durch die mit schwerer Mühe nur
Der Mensch gelangt zum sel'gen Orte;
Man reist jetzt schneller als zur Zeit,
Da vor der Kutsche trabt' der Schimmel;
In einem Pullmann=Wagen fährt's
Bequemer jetzt sich in den Himmel.

Auch sprech' er von Verdammniß nie,
Auch nicht von Hölle oder Teufeln;
Den Reichen gegenüber muß
Man solche Dinge stets bezweifeln.

Denn reiche Wuchrer brauchen wir,
O möchten sie doch zahlreich kommen!
Sie zahlen gut — mit fremdem Geld,
Und zählen gern sich zu den Frommen.

Auch bring' er etwas Neues stets
Für ernste und profane Lacher,
Und wohl belesen muß er sein
In Hegel, Strauß und Schleiermacher.

Auch wär' es rathsam, Brahma oft
Und Buddha kritisch zu erwähnen;
Dann bricht für unsre Kirche an
Die goldne Zeit, die wir ersehnen.

Der Dichter.

Einsam, verlassen geht
Er seine stillen Wege,
Und findet selten nur
Wohin sein Haupt er lege.

Des Herzens ew'ges Leid
Früh seine Wangen bleichet;
Wenn er um Wasser fleht
Wird Wermuth ihm gereichet.

Er singt der Freiheit Lied,
Doch fesselt ihn die Kette,
Und höhnisch schleppt das Volk
Ihn hin zur Schädelstätte.

Er schmachtet hoch am Kreuz
Mit ausgestreckten Händen,
Als wollte noch im Tod
Er Segen allen spenden.

Sonst nichts?

Das Leben ist ein großer Tisch,
Den ausgebreitet die Natur;
Und schmackhaft sind und zart und frisch
Die Speisen drauf; genieß' sie nur!

Greif zu und laß dir's wohlgedeihn
So lang dein kurzes Leben währt;
Denn wisse: nur durch Lieb' und Wein
Wird fromm die Geberin verehrt.

Der Spruch des Orakels.

Einst Philantus, Fürst von Sparta, seinem heimatlichen Lande,
Weil es reich an Steinen, aber arm an Korn, den Rücken
wandte,

Um in unbekannter Fremde, wie die alten Sagen melden,
Ein gemächlich Heim zu gründen sich und seinen treuen
Helden.

Wo des Goldgelockten Tempel segnend in Amiklä ragte,
Er in seines Herzens Drange das Orakel erst befragte.
„Wenn aus wolkenlosem Himmel Dir es in das Antlitz
regnet,
Dann hast du den Platz gefunden, den die Götter dir ge=
segnet!"

Dunkel war der Sinn des Spruches, den die Seherin, die
greise,
Auf dem heil'gen Dreifuß sitzend, dem Philantus auf die
Reise
Zur Erinnerung gegeben. Muthig doch mit seinen Mannen,
Fest der Götter Rathschluß trauend, zog der wackre Fürst
von dannen.

Und durch Länder reich an Früchten, reich an Korn und
Wein und Heerden,
Zogen Monde lang sie unter unbeschreiblichen Beschwerden;
Doch der Städte starke Mauern boten Halt dem kühnsten
Muthe,
Und vergebens sie benetzten rings das Land mit ihrem Blute.

Müde sank der Fürst einst nieder in des Abends frischer
Kühle,
Und der Schooß der treuen Gattin diente seinem Haupt
zum Pfühle.

Ach, seit langen, langen Jahren bittren Grams und schweren
    Kummers,
Da genoß zum ersten Male er den Segen sanften Schlum=
    mers.

Als die edle Gattin stille ihm in's fahle Antlitz schaute,
Traurig sah sein dünnes Haupthaar, das vom Sorgendruck
    ergraute,
Und gedacht', daß seinem Alter fehlt der Heimat traute Stille,
Strömte auf den Schwergeprüften nieder ihrer Thränen
    Fülle.

Er erwacht und seine Blicke auf das treue Weib er wandte:
„Ja, der wolkenlose Himmel, der den Regenstrom mir sandte,
Das bist Du, geliebte Aethra! Zeus hat Gnade uns er=
    wiesen,
Hier ist unsrer Wandrung Ende; das Orakel sei gepriesen!"

Neugestärkt rief er die Helden nun zum Kampf, und ohne
    Wanken
Stürmten siegsgewiß sie vorwärts, bis Tarentums Mauern
    sanken;
Dorten fanden sie ein Heim dann, dorten endlich war be=
    schieden
Ihm und seinen wackren Schaaren eine Zeit voll Glück
    und Frieden.

Spottvogel und Esel.
Nach dem Spanischen des Mexikaners Jose Rosas.

Ein Spottvogel, jung und lustig, sang den lieben langen Tag;
Und er war geschickt im Singen, jede Stimme ahmt er nach.

Einstmals wiederholt' im Käfig er des Esels laut Ya;
Jeder, der's nicht wußte, glaubte sicher, daß ein Esel da.

Und die Nachbarn waren alle sehr erstaunt und tief gerührt;
Für den seltnen Vogel wurden große Summen offerirt.

Dumme Leute, sprach ein Esel, als man dieses ihm erzählt,
Ach, von jeher hat ihr Undank bitterlich mein Herz gequält.

Ich bin größer als der Vogel, und schrei' noch einmal so gut.
Aber ward ich je bewundert? O verrückte Menschenbrut!

„Morgen."

Warum doch soll mein müdes Aug'
An staub'gen Büchern kleben?
Was können alte Schmöker auch
An neuer Weisheit geben!

Die Früchte des Erkenntnißbaums,
Sie schaffen ja nur Sorgen;
Laßt mir die Freude meines Traums,
Ich werde weise — „morgen".

Laßt euren Tadel, weil ich nicht
Nach goldnen Schätzen jage,
Wenn ich, woran es mir gebricht,
Nur hab' am heut'gen Tage.
Was mein ist, sei der Lust geweiht;
Wenn's fort ist, werd ich borgen,
Die Hoffnung stets auf's Neue leiht,
Denn reich werd' ich ja — „morgen"!

Sanft und bescheiden ist die Maid,
Die ich mir hab' erkoren,
Und keine schönre ward zur Zeit
Der Venus selbst geboren.
Daß mein sie wird, wer zweifelt dran?
Drum bin ich ohne Sorgen;
Schafft euch nur neue Kleider an,
Denn Hochzeit gibt es — „morgen"

Laßt nur den Geizhals immerfort
Zusammen Gelder scharren,
Verhallen möge jedes Wort
Der Weisen und der Narren;
Es bringe Treue, Lust und Scherz
Und Falschheit bittre Sorgen;
Was kümmert sich darum mein Herz,
Ich warte ja auf — „morgen".

Jedoch es scheint, das „Morgen" weilt
In unbekannten Zeiten;
Ein „Heute" nach dem andern eilt
Zum Schooß der Ewigkeiten.
Doch leist' ich deshalb drauf Verzicht
Und gebe Raum den Sorgen?
Nein, bis zum Tode laß ich nicht
Den Glauben an ein — „Morgen".

„Was die alten Weisen fabeln."

Was die alten Weisen fabeln
Von den Göttern, sei vernichtet;
Hat ja einen neuen Tempel
Sich die Liebe jetzt errichtet.

Dorten predigt sie für Herzen
Und nicht für gemeine Ohren;
Und wer andachtsvoll ihr lauschet,
Wird von Stund an neugeboren.

Ihren Gottesdienst ergründet
Nimmermehr der rohe Haufe;
Küsse heißen ihre Opfer,
Freudenthränen ihre Taufe.

Weder Freiheit, noch das Leben,
Wird sie je dem Ketzer rauben,
Denn ein sanfter Blick bringt schnelle
Sie zurück zum alten Glauben.

Todt.

Ich suche stets mein beſſres Selbſt;
Daß ich nicht bin, was ich einſt war,
Das macht zum größten Schrecken mir
Ein jeder Tag auf's Neue klar.
     Bin ich geſtorben?

Du biſt derſelbe, der du warſt,
Nicht Theil an dir beſitzen wir;
Du bliebſt dir treu, denn nie du ſchufſt
In Andrer Herzen Wohnung dir.
     Wär' ich geſtorben!

Der Raub der Iduna.

Es verließ der Schickſalslenker einſtens Asgards Glanz-
    gewoge,
Und zur Erde zog mit Höner er und dem verſchmitzten
    Loge;

Ueber öde Felsenklippen, wüste Haiden, kahle Auen
Reisten Tage sie und Nächte, um die Welt sich zu beschauen.

Niemand bot den Dreien Obdach, lud sie ein zu einem
  Mahle;
War die Menschheit ausgestorben? Endlich sahn in einem
  Thale
Schwarze Ochsen froh sie weiden und, vor Hunger fast
  verschmachtet,
Sie den fettesten ergriffen, den dann Wodan abgeschlachtet.

Loge fachte an das Feuer, doch wie auch die Flamme leckte,
Roh und blutig blieb der Ochse, der an Höner's Spieße
  steckte.
Was war Schuld? Auf nahem Baume saß ein dunkel=
  grauer Rabe,
Der verlangte das Versprechen einer fast'gen Fleischeslabe.

Er erhielt's. Als drauf genießbar ward das Fleisch, in
  aller Eile
Flog er von dem Baum herunter und verschlang die besten
  Theile;
Nichts mehr blieb den Asen übrig, als mit Haut bedeckte
  Knochen,
Und den Adler hat drauf Loge wüthend mit dem Spieß
  erstochen.

Fort nach Norden sah den Vogel man darnach mit Loge
  schweben,
Dessen Hände an dem Spieße, wie damit verwachsen, kleben;

Wie ein Sturmwind, brausend, donnernd, beide wild die
  Luft durchschnitten,
Und da Loge's Macht gebannet, legt er endlich sich auf's
  Bitten!

„Bin Thiaffi," sprach der Adler, „eher laß ich mich nicht
  rühren,
Bis du feierlichst mir schwörest, mir Idunen zuzuführen;
Denn nach ihr und ihren Aepfeln trag ich lange schon
  Verlangen."
Loge schwor und ist dann schweigend hin nach Asengard
  gegangen.

„Schönre Aepfel, als die deinen, eine ächte Götterspeise
Sah ich heut' auf einem Baume." sprach er zu Iduna leise;
„Glaubst du's nicht, so komm' zum Walde, gern will ich
  den Baum dir zeigen,
Nimm die deinen mit, wir wollen mit den andern sie
  vergleichen."—

Willig folgte ihm Iduna, beide gingen dann zum Walde,
Als auf einmal durch die Lüfte starkes Flügelrauschen schallte,
Und der Adler war's, Thiaffi, der in seinen mächt'gen
  Klauen
Nun die holde Frühlingsgöttin trug nach Thrymheims
  eis'gen Gauen.

Schlecht erging es nun den Asen, seit Iduna schwand,
  die hehre;
Wodan ging vor Altersschwäche zitternd jetzt an seinem
  Speere;

Stumm saß Brage da und dunkel ward des Balder's Aug',
 das lichte,
Freia, Sol und Laga zeigten plötzlich Runzeln im Gesichte.

„Wer entführt' der Jugend Göttin? Loge, sprich! Als aus
 dem Saale
Sie mit dir zusammen eilte sahn wir sie zum letzten Male;
Bring' sie wieder, großen Qualen bist du sicher sonst ge=
 weihet;"
„Gern'," sprach Loge, „wenn mir Freia ihren Falkenanzug
 leihet!"

Dies geschah und der Verschlagne zu des Riesen Wohnung
 eilte,
Der da unbesorgt inzwischen auf des Meeres Wellen weilte.
Gleich in eine Nuß verwandelt Loge sie und in den Klauen
Trug er schnell sie durch die Lüfte hin nach Asgards heilgen
 Gauen.

Pfeilschnell folgt' ihm bald Thiassi; doch bemerkt's zu gutem
 Glücke
Heimdal noch, der immerwache, auf der schwanken Bifröst=
 brücke;
Dieser rief den Göttern eilig, eilig waren sie zur Stelle
Und ein schnell gehäuftes Feuer strahlte rings um Asgards
 Wälle.

Loge kam mit seiner Beute glücklich über das Gemäuer,
Doch als sich Thiassi nahte, schürten eifrig sie das Feuer,

Daß die Flammen hoch aufschlugen, daß die Flügel ihm
  verbrannten
Und er in die Lohe stürzte, wo die Asen todt ihn fanden.

Freude war in Asgards Hallen seit der eis'ge Feind er-
  schlagen,
Wieder klang es, wieder duftet's wie an heitren Frühlings-
  tagen;
Es empfing der Sohn des Odin mit den Armen froh
  Idunen,
Und er ritzt' auf seine Zunge wieder neue Weisheitsrunen.

Weisheitsvoller Braga, hole schnell dein Trinkhorn her auf's
  Neue,
Fülle wiederum mit Meth es, daß die Welt sich wieder freue,
Bis zur Dämmerung der Götter lasse Bragafull den hehren,
Wie bisher zu deinem Lobe von den Musensöhnen leeren!

Lieder.

I.

Im Bewußtsein ihrer Reize
Tändelt sie den ganzen Tag;
Alle freundlich sie begrüßet,
Daß ich's länger nicht ertrag!

Ruhig, Freund, mit deinen Klagen,
Es ist nicht so schlimm gemeint;
Auch das Licht der Sonne Allen
Und nicht dir alleine scheint.

II.

Klage nimmer, wenn die Liebste
Scheinbar sich voll Gleichmuth zeigt,
Und ihr Ohr nicht allzuwillig
Deinen Liebesschwüren neigt.

Denn der Apfel, den vom Baume
In den Schooß der Wind dir jagt,
Ist entweder nach der Fäulniß,
Oder von dem Wurm benagt.

III.

Gute Nacht!
Laß noch einmal dich umarmen,
Mich an deiner Brust erwarmen
In der Laube, unbewacht.

Gute Nacht!
Laß das Seufzen und das Grämen,
Laß uns lieber Abschied nehmen,
Bis der Morgenstern erwacht.

Ein Märchen.

Ein Schweizer, also wird erzählt,
Einst einen Kirschenbaum besaß,
Und breitete, wenn reif die Frucht,
Ein Tuch darunter auf das Gras.

Und wenn er dann am nächsten Tag
Hinaus in seinen Garten blickt',
Lag jede Kirsche auf dem Tuch
Von zarten Händen abgepflückt.

Wer's that, das war ihm Einerlei,
Er fragte nicht und dankte nicht,
Und dachte einfach nur bei sich:
Wer's thut, der ist kein Bösewicht.

Die Elfen sind's, das Volk der Nacht,
Sprach einst zu ihm ein Nachbarsmann:
Sie sehn wie kleine Kinder aus
Und haben lange Kleider an.

Das Völkchen zu belauschen doch
Kein Einz'ger sich die Mühe nahm,
Bis einst in schwüler Sommerzeit
In's Dörfchen ein Professor kam.

Er war ein grundgelehrter Mann,
Der jede Wissenschaft verstund;
Er wußt', weßhalb die Distel sticht
Und auch, weßhalb die Erbse rund.

Er kannte jeden Strauch und Stein
In Feld und Wald, und Berg und Thal,
Jedoch vom Elfenvolk der Nacht
Da hört' er jetzt zum erstenmal.

Er fragte hin und fragte her.
Hans sagte das und Michel dies;
Doch was er hörte, keineswegs
Zum klaren Schluß ihn kommen ließ.

So viel stand fest: Nicht Jedem war's
Vergönnt, die Elfenschaar zu sehn,
Und ohne Untersuchung wollt'
Der Forscher nicht nach Hause gehn.

Als wiederum die Kirschen reif,
Der Schweizer breitet' aus sein Tuch,
Und der Professor um den Baum
Auf jedes Plätzchen Asche trug.

Am nächsten Morgen wirklich fand
Man alle Kirschen abgepflückt;
Und emsig hat der Forscher sich
Nach Elfenspuren umgeblickt.

Schaut nur, ihr Leute, es ist klar,
Die Elfen müssen Vögel sein!
Sie sahen hin, kein Einz'ger doch
Stimmt' mit dem Andern überein.

Drauf reiste der Professor heim,
Nicht klüger als er früher war.
Noch steht der Baum und bringet Frucht,
Doch hält sich fern die Elfenschaar.

* * *

Gar manches Ding, so lehrt die Mär',
In's Reich der Phantasie gehört;
Die trockne Wissenschaft jedoch
Gar oft den süßen Wahn zerstört.

In Glaubenssachen stimmt kein Mensch
Je mit dem andern überein,
Und allen Forschern bleibt zuletzt
Die nackte Wirklichkeit allein.

Für wen?
Monolog eines fünfjährigen Mädchens.

Die Mutter näht den ganzen Tag,
   Sitzt stets für sich allein,
Und legt die Arbeit ängstlich weg,
   Tret ich in's Zimmer ein.
Frag ich, weshalb? Ach, andern Zwirn,
   Sie spricht, ich suchen muß.
Sie ist so still, sie ist so ernst,
   Macht' ich ihr wohl Verdruß?

Und die Kommode Tag und Nacht
  Verschließt sie immer fest;
Eh' sie sie öffnet, sie mich stets
  Zum Spiele gehen läßt.
Doch einst, ich weiß, es war nicht recht,
  Sah ich durch's Schlüsselloch:
O Wunder, ach, was sah ich da
  Für schöne Dinge doch!

Die schönsten Kleider von der Welt
  Sie hielt in ihrer Hand;
Ein Häubchen war darunter auch
  Mit einem rothen Band.
Für meinen Bruder ist es nicht,
  Und mir ist es zu klein,
Die Puppe braucht es wahrlich nicht,
  Für wen mag es nur sein?

Gefunden.

Ich kannte sie von Jugend auf,
Die Traute, die mein Herz erblickt,
Trotzdem erst heut' zum ersten Mal'
Mein leiblich' Auge sie erblickt.

Lang in der Fremde schweifte ich
Einsam mit meinem Ideal,
Und in dem Labyrinth der Welt
Da lachte mir kein Hoffnungsstrahl.

Sprech' mir kein Mensch von Zufall mehr,
Für Herzen gibt es ein Gesetz
Und Alles, was da lebt und webt,
Umspinnt ein ew'ges Liebesnetz.

Sie auch ersah mich heute erst,
Und kannt' mich doch schon lange Zeit;
Komm' her, denn unser Bündniß hat
Der Gott der Liebe selbst geweiht.

Bekehrt.

Ich glaub' an Alles in der Welt.
An Alles, was da wunderbar
In alter und in neuer Zeit;
Ich glaub' an Hexen jetzt sogar.

Doch meine Hexe ist modern,
Hat keine Runzeln im Gesicht;
Sie flucht nicht wie ein General,
Und brauet keine Gifte nicht.

Sie treibt geheimen Gottesdienst
Im Frühlingshaine dicht belaubt;
Kein Teufel führt das Scepter dort,
Gott Amor ist das Oberhaupt.

Sie schloß mit einem guten Geist
Zur Mitternacht den Liebesbund!
Kennt nur der Augen schwarze Kunst,
Zum Kuß nur öffnet sich ihr Mund.

Gar gerne trüge ich für sie
Ein glühend Eisen in der Hand,
Trotzdem sie oft im Uebermuth
Mich grausam auf die Folter spannt.

Doch für den Kampf des Lebens birgt
Ihr Herz das beste Amulet; —
Ja, ja, die Hexe hat mir arg —
Der Leser merkt's — den Kopf verdreht.

Schreckliches Vorhaben.

Ihr Bildniß prangt an meiner Wand
An golddurchwirktem Seidenband,
Und lacht mir in das Herz hinein,
Wie aus der Höh' ein Engelein.

Und wenn sie je sich untreu zeigt,
Und sich zu fremden Göttern neigt,
Zertrümm're ich ihr Bildniß schnell,
Und häng' mich hin an seine Stell'!

Der Sohn der Sorge.

Die Sorge saß am Uferstrand
Als aus dem Himmel sie verbannt,
Und formte da zum Zeitvertreib
Aus Erde einen Menschenleib.

Zeus kam und fragt': „Was machst du hier?"
„Besieh mein thönern Kunstwerk dir,
Und wenn du willst mir gnädig sein,
So hauch dem Menschen Leben ein!"

„Es soll geschehen, doch", er sprach,
„Ist er mein Eigenthum hernach."
„Das geht nicht an," die Sorge schrie,
„Von seiner Seite weich' ich nie!"

„Ich hab' aus Erde ihn gemacht!"
„Ich hab' zum Leben ihn gebracht!"
„Auch ich," rief nun die Erde mild,
„Hab' Anspruch auf dies Menschenbild.

Aus meinem Stoffe stammet er,
Drum zankt nicht lange hin und her!"
„Saturn der Einz'ge ist", sprach Zeus,
„Der hier mit Rath zu helfen weiß."

Saturn rief: „Wie verkehrt ihr sprecht,
Ein Jeder hat auf ihn ein Recht;
Zeus gab ihm's Leben: er erwirbt
Die Seele, wenn der Körper stirbt.

Sein Leichnam, Erde, dir gehört,
Und dir ist's, Sorge, nicht verwehrt,
Ihn zu begleiten Nacht und Tag,
So lang' er immer leben mag!"

Wandlung.

Was? Gestern noch ein Pessimist,
Der eifrig las den Schopenhauer,
Und heute schon durchbebt die Brust
Der reinsten Liebe Wehmuthschauer!

Ward denn auf einmal aus der Welt
Lug, Falschheit und Verrath genommen?
Ist denn auf einmal über Nacht
Das tausendjähr'ge Reich gekommen?

Noch gestern sang ich Lieder wild,
Heut' geh' ich tändelnd auf der Wiese,
Und schick' mit jedem Lüftelein
Der Liebsten meine besten Grüße.

Sagt, war ich gestern nicht ein Greis,
Den Alt und Jung ließ unbeachtet?
Bin ich ein schmucker Jüngling jetzt,
Weil Jeder mich so froh betrachtet?

Noch gestern machten mir die Brust
Dämonenkämpfe tief erbeben,
Heut' laß' ich froh die Waffen ruh'n
Denn — "neue Liebe, neues Leben!"

Entzückung.

Was fuhr mir über Nacht in's Blut,
Daß ich nicht still mehr sitzen kann?
Ich lauf' den Zimmerboden durch,
Ward ich zum ew'gen Juden dann?

Nehm' ich ein lehrreich' Buch zur Hand,
Wie's jeder Mann des Fortschritts soll,
Gleich tanzen alle Wörter drin
Vor meinen Augen her, wie toll.

Die Luft scheint auch belebt, die Schaar
Der Amoretten jauchzt und spielt;
Kein Wunder, daß die Muse mein
Der Schäferstunde Wollust fühlt.

Kenn' ich die alten Lieder noch
Von Liebesschmerz und Liebespein?
Ich glaubt', ich kennt' nur noch den Sang
Vom biedern Herrn von Rodenstein.

Das herz'ge Lächeln meines Blicks
Könnt' Felsenadern Pulse leihn;
Ein jeder Traum zum Wesen wird,
Und Aetherlüfte saug' ich ein.

Und fest zieh' ich das Schattenbild
In meiner beiden Arme Bann;
Dem Himmel sei's gedankt, daß mir
Kein Mensch in's Zimmer sehen kann.

Heikle Fragen.

Die Liebste, der mein Herz gehört,
Sie reiste in die Ferne ab;
„Ach schick'," bat unter Thränen sie
Als ich ihr das Geleite gab,
„Nur einen Brief mir jeden Tag,"
Und ich versprach's, sie bat so sehr;
Nun sage, lieber Leser mir,
Wo nimmt ein Mensch den Stoff da her?

Die Liebste ist ein schmuckes Kind,
Trägt jeden Tag ein neues Kleid,
Und Arm' und Finger hat sie voll
Von Edelstein und Goldgeschmeid.
Nun ja, ich hab' ihr's angeschafft,
Doch braucht die holde Maid noch mehr;
Jetzt sage, lieber Leser nur,
Wo nimmt ein Mensch das Geld da her?

„Hat uns des Pfarrers Hand vereint,
Dann gehst Du Abends nicht mehr aus,
Du hast dann Unterhaltung ja
So schön Du willst", sprach sie, „zu Haus.
Und jeden Abend kommt gewiß
Die Tante auch, sie liebt Dich sehr" —
Nun sage, lieber Leser, nur,
Wo nimmt man die Geduld da her?

Helgi und Sigrun.

Von des Schlosses Zinne schaute Sigelindens edler Sohn
Und ihm war's, als ob von ferne klänge kriegerischer Ton,
Richtig! Denn auf Rappen ritten neun Walküren schnell
daher.
Und die Luft erbebt' und brauste, wie das sturmgepeitschte
Meer.

Swana bog sich zu ihm nieder, und die hehre Sigrun
sprach:
„Nimm von mir ein Schwert, o Helgi, das da trifft mit
jedem Schlag;
Eine Natter ist die Spitze, Muth in seiner Klinge haust,
Und den stärksten Schild zertrümmert's, wenn darauf es
niedersaust."

Helgi ward ein schmucker Ritter und bestieg des Vaters
Thron;
Wie die Ziegen vor den Wölfen, seine Feinde vor ihm floh'n,

Und von Riesen und von Drachen säubert' er das ganze Land,
Und er ward der Hundingstödter ehrenvoll deßhalb genannt.

Einstens, als des Streites Runen Odin wieder ausgestreut,
Und die Pflicht dem tapfern Helgi auch das Schwert zu ziehn gebeut.
Nahm er von der Gattin Abschied, sie vergoß der Thränen viel,
Und stürmt' eiligst drauf von dannen in das wilde Kampfgewühl.

Bald jedoch traf ein die Kunde: Sigrun, du bist Wittwe jetzt,
Ueber seinen Leichnam wird ein Heldendenkmal schon gesetzt!
„Sei verflucht, du Unglücksbote! Dir erlahme stets dein Pferd,
Wenn das Schwert du ziehest, wünsch' ich, daß in deine Brust es fährt!"

„Redet nicht verworren, Herrin," abends schonend sprach die Magd,
„Denn ich sehe Todte reiten, hört, es braust die wilde Jagd!
Odin öffnete den Hügel, Walhall's Helden gehn hervor,
Und es singt mit Donnerstimme ihren Ruhm der Bardenchor."

„Wie die Habichte und Adler, wenn die Kämpfe sich erneun,
Und sie in der blauen Höhe Leichen wittern, daß sich freun,
Also freu' ich mich, mein Helgi, daß in meinem Arm du liegst,
Und den leichenthaubesprengten Kopf an meine Wangen schmiegst!"

Nimmer mir, o Goldgeschmückte, weine grimme Zähren
nach;
Stärker sind die Heldengeister in der Nacht als an dem Tag;
Blutig fällt mir jede Thräne auf die angstbeklommne Brust;
Ruhig sei, dir beut das Leben ja noch tausendfache Lust."

„Nein, ich sing' kein Lied der Trauer, sing' kein Sterbe=
lied, mein Schatz.
Gönn' mir nur an deiner Seite, gönn' in deinem Arm
mir Platz;
Odin, schließe deinen Hügel, weiter rausche, Ygdrasil;
Ich begleite meinen Edling in Walhalla's Kampfgewühl!"

Eule und Adler.

Der Adler wollte den Himmel ergründen,
Dies that die Eule närrisch finden.

„Vergeblich und dumm ist dein Flügelschwingen,
Bleib unten bei mir, ich lehre dich singen,
J—hu—hu—hu!

Kein Dach ist oben, sich drauf zu setzen,
Du wirst dir am Himmel den Kopf verletzen,
J—hu—hu—hu!

Auch sieht man nichts, bis die Sonne vorüber.
Drum laß dich warnen, bleib' unten mein Lieber;
J—hu—hu—hu!

Ich zeig' dir ein Loch, ein prächtiges Häuschen,
Für die Miethe würgest du täglich ein Mäuschen;
   J—hu—hu—hu!"
Ob der Adler dies hörte, das ist sehr fraglich,
Er fand sich in blauer Höhe behaglich.

„Er hat wahrhaftig den Weg verloren;
Nun ja, man predigt stets tauben Ohren,
   J—hu—hu—hu!
Würd' ein dunkler Strahl den Weg ihm zeigen,
Dann könnt er zu mir herniedersteigen;
   J—hu—hu—hu!
Er ist verloren! Denn stürmische Winde
Sie treiben ihn sicher in schreckliche Gründe,
   J—hu—hu—hu!
Die Himmelsstürmer sind nie zufrieden,
Bis sie der Freiheit Ketten schmieden;
   J—hu—hu—hu!
Hätt' er gefolgt, wär's anders gegangen,
Er hätt' noch manche Maus gefangen;
   J—hu—hu—hu!
Verzweifelt er schreit, beim Dunkel! jetzt fällt er,
Und bald liegt vor mir auf den Steinen zerschellt er.
   J—hu—hu—hu!
Doch dies ist Bestimmung — ich nage die Knochen,
Verachtung der Weisheit wird immer gerochen,
   J—hu—hu—hu!"

Gott Serapis und der Räuber.

An einer Tempelmauer einst ein blutbespritzter Räuber schlief,
Und träumte, daß ihm in das Ohr der Gott Serapis donnernd rief:
„Hinweg von hier!" Er that's und hat sich eilig aus dem Staub gemacht,
Doch hört' er noch, wie hinter ihm die Steinwand laut zusammen kracht',
„Die Götter", sprach er still für sich, „sie lieben mich, 's ist offenbar;"
Und an dem Morgen brachte er sein Dankesopfer freudig dar.
Doch in der nächsten Nacht da raunt Serapis ihm in's Ohr: „Dir nützt
Dein Opfer nichts, ich hab' dich nur vor schmerzlos=schnellem Tod geschützt,
Damit du sicher einst den Lohn für deine Thaten auch erwirbst,
Und an dem Marterholze hoch durch Henkershände langsam stirbst!"

Ghaselen.

I.

Nicht Sonette soll ich schreiben, noch dich mit Octaven quälen,
Soll auch nicht zu meinen Liedern allbekannte Stoffe wählen;

Denn verhaßt ist dir der ew'ge Mondenschein und Liebes=
kummer,
Traurig stimmt dich auch das Flöten melanchol'scher Philo=
melen.
Aufgeheitert will die Welt sein; kein Moralsystem der Weisen
Noch der Pfaffen düstre Lehre kann zum Lebenskampf uns
stählen.
Laß aus Selsebül uns trinken und den hehren Sohren
lauschen,
Und Dschemschid mag offenbaren das Geheimniß aller Seelen!
Laß zum Orient uns wandern, laß von Hafis uns erzählen,
Laß den Busenschrein uns öffnen, laß den Minnebrand
entfachen,
Und das Herz zur Freude stimmen mit des Goldpokals
Juwelen.
Frisch nun auf zum Götterlande muntrer Peris, heitrer
Huris,
Und im Zaubergarten Schiras' laß uns reden in Ghaselen.

II.

Die Jugend ist's, die immerdar durch ihren Zauber uns
entzückt,
Da überreich sie die Natur mit tausendfachem Reiz geschmückt;
Trotz ihres Leichtsinn's, ihres Spott's, trotz übermüth'ger
Neckerei
Sie selbst dem kalten Bücherwurm das liebeleere Herz beglückt.
Sieh nur das Alter, wie es schleicht, wie elend seinen Weg
es leuchtet,

Der hohen, hagern Stirne sind unzähl'ge Runzeln eingedrückt;
Kaum ist die Hand noch stark genug, daß sie den Wander=
    stab umfaßt;
Und matten Aug's, verzweiflungsvoll, und düster in die
    Welt es blickt.
Doch habe ich, o staune nicht, die Jugend wie das Alter gern,
Denn beide haben oftmals mich mit Himmelsreizen fest
    umstrickt.
Komm her, du holdes Mägdelein, du Urbild aller Jugendlust,
O, glücklich, wer von deinem Mund der Liebe Rosenküsse
    pflückt,
Und wer das Alter froh dabei in gold'nem Feuerwein genießt;
Sag', wird er nicht mit Seel und Leib zum Paradiese selbst
    entrückt?

III.

Wir brauchen keine Sonne nicht, auch keinen Frühlings=
    blumenschein,
Und keiner Mönche Ostersang, noch blasse Mondscheinliebelein,
Wenn wir nur stets mit rechtem Sinn und rechtem Fleiße
    früh und spät
Uneingedenk der flücht'gen Zeit des Bachus Feuerdienst uns
    weihn.
Das Schönste was die Welt enthält, was Philosophen aus=
    gedacht,
Weht wie von ungefähr dann sanft verklärt in unsre Brust
    hinein;
Und Kunde legen davon ab viel Weisheitssprüche inhaltschwer,

Und Lieder ohne Zahl und Schluß mit allgewalt'gen Me-
 lodein.
Was soll der Frühling? Blumen malt uns Bachus munter
 in's Gesicht,
Geranium, Nelken, Tulpen gar, Aurikeln und Vergißnichtmein.
Die Liebste bleibe auch zu Haus; das Funkeln ihres Augen-
 paars
Lacht es nicht doppelt klar mich an aus diesem heitern
 Perlenwein?
Drum soll so lang der Göttertrank noch Raum in meiner
 Kehle hat,
Auch Raum darin zu einem Sang auf seine sel'gen Gaben
 sein.

Der Gemahlin.

Nie erwarte, daß dein Ehmann
Dich als erste Liebe preist;
Aber sorg' von Tag' zu Tage,
Daß Du seine letzte seist.

Immerhin.

Liebend heuchle
Treuen Sinn,
Schmeichelnd küsse
Immerhin —

Lieb' gewähret
Stets Gewinn,
Sei auch falsch sie
Immerhin.

Alles Glück ist
Von Beginn
Lug und Trug nur
Immerhin.

Frühlingsmorgen.

Es lacht der schneebefreite Berg
Im holden Morgenstrahl,
Und träumend schickt ihm süßen Duft
Die Blume aus dem Thal.

Es regnet sich in Busch und Baum,
Und alles lacht und singt;
Der heitern Höhe ihren Gruß
Die Lerche schmetternd bringt.

Lust oben, unten, überall,
Im Wald und auf der Flur:
Des Friedens Engelschaar durchzieht
Jetzt segnend die Natur.

Des Winters Eis, des Lebens Qual
Sind nur ein flücht'ger Traum;
Im Frühling hat die Erde nur
Für frohe Herzen Raum.

Blatt und Lied.

Wenn des Herbstes rauher Hauch
Schüttelt unsre Glieder,
Sinkt das Laub von Baum und Strauch
Zur Verwesung nieder.

Manches Blättchen, das der Glanz
Holder Farben schmücket,
Doch in seinem Todestanz
Unser Aug' entzücket.

Manches Lied der Dichter singt
Ohne daß wir lauschen,
Unbeachtet es verklingt,
Wie der Blätter Rauschen.

Will zum flüchtigen Genuß
Er ein Lied uns schenken,
Dann mit seinem Herzblut muß
Er vorher es tränken.

Sei wie ein Stern am Himmel.

Sei wie ein Stern am Himmel,
Deß goldenes Gefunkel
In reiner stiller Höhe
Verscheucht das nächt'ge Dunkel.

Sei wie ein Stern am Himmel.
Zur rechten Zeit sich zeigend,
Und vor dem Licht der Sonne
Demüthiglich sich neigend.

Sei wie ein Stern am Himmel.
Deß Auge freundlich blicket,
Und die verirrten Schiffe
Zum Hafen sicher schicket.

Bitte.

Seltnes Liebesglück ist nun
Endlich in mein Herz gezogen,
Und mein Leben gleicht dem See
Ohne unheilschwangre Wogen.

Wie ein lichtes Blumenmeer,
Das des Frühlings Kraft entsprossen,
Liegt die Erde um mich her.
Freud- und wonneübergossen.

Sei's ein Traum auch, möge mich
Nur kein Sturm darin erschrecken;
Nur ein linder Sonnenstrahl
Mög' zum neuen Tag mich wecken.

In der Einsamkeit.

Ich hause nun im stillen Thal
Vom Menschenschwarm verschonet;
Sie zeigten mir ein Ideal,
Das doch kein Herz bewohnet.

Der schönen Frauen Liebeslust
Von Grund aus ich verachte;
Kalt ist die Welt; an falscher Brust
Ich nimmer liebend schmachte.

Kalt ist der Stein, kalt ist der Stahl,
Doch schlägst du sie zusammen.
Dann sprühen munter auf einmal
Hervor die lichten Flammen.

Lied.

Was hat die Lieb' in mir entfacht?
Die frischen Rosen, die da prangen
In holdem Purpur Tag und Nacht
Auf meiner Herzgeliebten Wangen.

Was hat die Lieb' in mir entfacht?
Ein Augenpaar, das fröhlich funkelt,
Und dessen strahlenreiche Pracht
Des Diamanten Glanz verdunkelt.

Was hat mir großes Leid gebracht?
Ein Herz für Liebe unempfänglich;
Aus Marmorstein scheint es gemacht,
Und jeder Rührung unzugänglich.

Aufschluß.

Wer da nach der Höhe strebt,
Dort des Herzens Ruh' zu finden,
Sieht in kalter Hülle sich
Bald von Wolken oder Winden.

Wer zur Erde strebt, der trifft
Nur ein Heer von falschen Schleichern,
Stets bereit, durch Andrer Noth
Stillvergnügt sich zu bereichern.

Doch wohin? fragst ängstlich du,
Welt und Himmel laut verfluchend.
Ruh' im Leben findest du
Nur in dir und deiner Tugend.

Im März.

Wie herrlich doch die Sonne lacht
Im Monat März, der sonst so rauh,
Drum hat sich Alles aufgemacht
Hinaus zur eisbefreiten Au.

Das Veilchen streckt sich in die Höh',
Die Rothbrust schon ihr Liedchen singt;
Man weiß nicht, ob der März uns Schnee,
Ob er uns Sommertage bringt.

Vernünftig.

Als Kuß um Kuß ich neulich
Von Liebchens Munde genascht
Da hat ja die Tante, die alte,
Uns leisen Tritts überrascht.

Doch die liebenswürdige Tante
Hat stille davon sich gemacht,
Und dann in einsamem Stübchen
Vergangener Zeiten gedacht.

Pandora.

Ernsten Blicks und lahmen Fußes stand Hephästos vor der Esse;
Hammer, Hand und Zange ruhten, daß er ungestört ermesse
Wie Prometheus, dem Verruchten, den Titanentrotz er breche,
Daß er von Olympos' Göttern nicht mit frecher Zunge spreche.

Die aus Thon geschaffnen Menschen, denen Athem gab Athene,
Hatten weder Sinn für's Gute, noch für's Wahre oder Schöne;
Sie zu bilden und zu wecken, das verwegne Ungeheuer
Schlich sich hin zum Herde Jovis, und entwand ihm keck das Feuer.

Uebermüthig war die Menschheit, ein Geschlecht von rohen Spöttern,
Glaubten gar sich unabhängig von des Himmels hehren Göttern;
Und trotzdem auf kahlem Felsen der Verwegne büßt unsäglich,
Wächst mit seiner wunden Leber auch sein Trotz, der wilde, täglich.

„Manches Kunstwerk", sprach Hephästos, „ging hervor aus meiner Schmiede;
Durch die Aegis unbesiegbar ward mein Vater, der Kronide;
Neptun gab ich seinen Dreizack, fing im Netz den Ehebrecher,
Machte des Achilles Rüstung, formte Bachus' goldnen Becher.

Doch den Uebermuth der Menschheit keine Waffe hat be-
    zwungen;
Selbst den Einen zu besiegen ist trotz aller Kunst mißlungen.
Neue Mittel, neue Wege muß ich nun mit Fleiß ersinnen,
Deßhalb, Zeus in blauer Höhe, segne heute mein Beginnen."

Und ein Menschenbildniß formte er aus dunkelgelbem Thone,
Und von dessen Zauberschönheit angelockt, von lichtem Throne
Ihren Weg die Schaar der Götter nach Hephästos' Werk-
    statt lenkte,
Jeder Gaben mit sich führend für Pandora, die Beschenkte.

Die Chariten, leicht bekleidet, lehrten Lieder sie und Tänze,
Und der Themis heitre Töchter brachten bunte Blumen-
    kränze;
Und ihr Haupt die Schaumgeborne mit der Anmuth Reiz
    verklärte.
Und Minerva, die Erhabne, sie des Friedens Künste lehrte.

Der verschlagne Götterbote, der da Schutzpatron der Diebe,
Zeigte ihr, wie man mit Reden schlau erobert Aller Liebe;
Lehrte sie die Kunst des Schmeichelns, lehrte Kniffe sie und
    Ränke,
So daß hämisch lächelnd Zeus sie gibt den Menschen zum
    Geschenke.

„Wenn da freundlich sich die Götter nahen dir mit holden
    Gaben,
Sicher ist's, daß dein Verderben sie vereint beschlossen haben;

Denn ihr Menschenhaß ist ewig, und ihr Wille ist kein
 guter,"
So Prometheus von dem Felsen sprach zu Nachbedacht,
 dem Bruder.

Epimetheus, der Verliebte, nicht der Rede Sinn beachtend,
Sah sich bald beraubt der Freiheit, in Pandora's Reizen
 schmachtend;
In der Leidenschaft Erregung, voller Hast und unbedächtig,
Nahm die Jungfrau er zum Weibe, freien Handelns nicht
 mehr mächtig.

Ein Gefäß gar schön und kunstreich, ein Gebild aus reinem
 Golde,
Von den Göttern selbst gefüllet, bracht' als Mitgift ihm
 die Holde;
Fest verschlossen war's, doch Neugier Epimetheus mächtig
 plagte,
Daß trotz seines Bruders Mahnen er's alsbald zu öffnen
 wagte.

Und gleich strömten aus der Oeffnung alle Uebel, alle Leiden,
Elend, Hungersnoth und Seuchen sah man durch die Lande
 schreiten;
Tausendfältig sah des Todes finstre, gräßliche Gestalten
Zu der Götter größter Wonne überall man grausam walten.

Doch ein treues, edles Kleinod im Gefäße blieb zurücke,
Unten auf dem Boden lag es, unbeweglich lag's zum Glücke.

Welch ein unbeschreiblich Elend auch ein Menschenherz be=
    troffen,
Jenes Kleinod bleibt sein eigen, Kraft verleihet ihm sein
    Hoffen.
Immer noch die trübe Erde ist des Götterhasses Beute,
Wie Prometheus sucht die Menschheit nach dem Lebenslicht
    noch heute;
Was auch immer wir erstreben in des Daseins Thun und
    Treiben:
Unsre einz'gen treuen Tröster eigne Kraft und Hoffnung
    bleiben.

Modernes Kirchengebet
einer frommen Amerikanerin.

Gib Augen, güt'ger Gott, mir, die
Des Nächsten Fehler übersehn —
(Es könnt' Frau Schmidt mit ihrem Hut
Als Vogelscheuche Schildwach' stehn.)

Gib mir ein Herz, das täglich neu
Der armen Leute Noth erweicht —
(Schon wieder wird, das ist zu arg,
Der Klingelbeutel hergereicht.)

Gib mir Zufriedenheit und tilg'
Des Herzens weltliche Begier —
(Mit meiner Mutter gibt's Skandal,
Kauft keinen neuen Shawl sie mir.)

Gib, daß mein Herz jed' Menschenkind
Mit wahrer Lieb und Treu empfang' —
(Doch mit Frau Jones, der Schwätzerin,
Sprech ich nicht mehr mein Lebenlang.)

Laß immerhin dein heilig Wort,
Mein treuester Begleiter sein —
(Heut' Abend geh' ich früh in's Bett
Und lese noch: „That Wife of Mine.")

Mach mich zufrieden stets mit dem,
Was deine Gnade mir gewährt —
(O daß ein reicher Wittwer doch
Mich bald zu seiner Frau begehrt!)

Gib mir ein Herz, das voll Vertrauen
Von Jedermann das Beste hält —
(Frau Braun, man kennt sie ja, sie ist
Die größte Heuchlerin der Welt.)

Bewahr mich stets mit Vaterhuld
Vor Allem, das da falsch und schlecht —
(Es zweifelt hoffentlich kein Mensch,
Daß meine langen Locken ächt!)

O mach' mein sündhaft Herz in mir
Der wahren Christendemuth Born —
(Wir haben, o, deß bin ich froh,
Doch unsern Kirchensitz recht vorn.)

Gib, daß bei dem, was mich betrifft,
Geduld mir stets zur Seite steht —
(Wie predigt er so lang, man kommt
Zum Mittagsessen ja zu spät.)

Gib, daß mein Herz kein Selbstbetrug
Zu eitelem Gebahren führt —
(Ich habe doch den jungen Mann
Durch meine Schönheit tief gerührt.)

Und meine Speise, Tag und Nacht
Sei's heil'ge Wort von Jesu=Christ,
(Ob wohl der Ziegenbraten auch
Der Köchin heut' gerathen ist?)

Gib, daß mein Fuß nicht müd und wund
Auf seinem Gange wird zum Licht —
(Wie schmerzen doch die neuen Schuh',
Doch Niemand ahnt und weiß es nicht).

Wie ich mir hier die Seeligkeit
Verdiene, lehr' mich allermeist —
(Die Kirche ist nun endlich aus,
Sag' Karl, ob du den Text noch weißt?)

Heyoka.

Zu des Medicinmanns Trommeln und zum eignen wilden
Schrein
Lustig die Dacotas tanzen an dem rothen Pfeifenstein;

Denn vertrieben und ermordet ward der Tschippewäer Schaar
Und vor jedem Wigwam flattert eines Feindes Wirbelhaar.

Auch die Jäger waren endlich reich mit Büffelfleisch beschwert,
Nach so vielen langen Monden von der Ebne heimgekehrt.
Nun in wildem Freudentaumel Alles singt und tanzt und
 schreit,
Denn dem sonderbaren Gotte ward der heut'ge Tag geweiht.

Auf der Ebne kleinen Hügeln mit der Rehhufraffel lärmt
Laut der Wundergott Heyoka, den kein Sonnenstrahl erwärmt;
Denn sobald die Luft des Sommers wonnig durch die Lande
 weht,
Zähneklappernd, jammernd, frierend er am großen Feuer steht.

Wenn jedoch auf Strom und Landschaft liegt des Winters
 eis'ge Ruh,
Stellt er sich auf einen Hügel, fächelt stets sich Kühlung zu;
Er vergeht ja fast vor Hitze, alle Kleider wirft er fort,
Und vergebens sehnt er schwitzend sich nach einem kühlen Ort.

Wird ihm eine frohe Nachricht, er vor Seufzen fast erstickt,
Doch er lacht und scherzt und tanzet, wenn ihn bitt'rer
 Kummer drückt;
Steht sein Leben auf dem Spiele ist er ruhig und vergnügt,
Ist er sicher vor Gefahren, seiner Angst er fast erliegt.

Munter tanzen die Dacotas an dem rothen Pfeifenstein,
Denn dem Wundergott Heyoka wollen ja ein Fest sie weihn;

Ueber einem ries'gen Feuer hängt ein Kessel schwer und groß,
Darin kocht das Fleisch des Büffels; streift nur schnell die
Arme bloß!
Und ein Jeder nach der Reihe hin zum heißen Kessel springt,
Nimmt mit nackter Hand ein Fleischstück, das er dann im
Nu verschlingt;
Frierend nun und zähneklappernd ruft er zu Heyoka's Ehr:
„Ach, wie kalt ist's, ach wie kalt ist's, wenn es doch nur
heißer wär!"

Also jubeln, gaukeln, tanzen sie den lieben, langen Tag,
Ahmen jegliche Gewohnheit ihres Wundergottes nach;
Und vom Lärme angezogen eilt ein Missionär herbei:
„Reif sind diese Wilden sicher für der Christen Heuchelei!"

Die Macht der Harfe.
(Altschwedisch.)

Klein Christel weint in der Kammer gar viel;
Herr Peter ergötzt sich beim Ritterspiel.
    Herzinniges Lieb,
    Sage, was trauerst Du?

„Sag', weinst du über dein Pferd so laut,
Oder weinst du, weil du meine Braut?"

„Nicht über mein Pferd ich wein' so laut,
Noch wein' ich, weil ich deine Braut.

Es ward als Kind mir prophezeit,
Mein Hochzeitstag wär' voller Leid.

Ich denk' Ringfalla's Fluth und wein',
Drin fanden ihr Grab die Schwestern mein.

Und heute sollen, wie der Ausspruch war,
Die Wellen färben mein gold'nes Haar."

„Beschlagen laß ich mit Gold dein Pferd,
Für deine Bewachung ich sorgen werd'.

Sechs Ritter die reiten zu jeder Seit',
Und zwölf die machen den Weg bereit!"

Sie sah'n einen Hirsch in Ringfalla's Wald,
Und gleich zur Verfolgung das Jagdhorn schallt.

Es eilten die Ritter ihm nach geschwind;
Allein ritt weiter das edle Kind!

Auf Ringfalla's Brücke das Pferd hinsinkt,
Klein Christel in dem Strom ertrinkt;

Herr Peter zu seinem Pagen sprach:
„Hol schnell die Harfe aus meinem Gemach!"

Der häßliche Wassergeist lachend schon
Auf der Welle saß nach dem ersten Ton

Und als der zweite Ton erklang,
Ein Thränenstrom aus den Augen ihm drang.

Beim dritten Tone, den er spielt',
Klein Christel den Arm aus dem Wasser hielt.

Er spielte die Rinde von Bäumen los,
Er spielte Klein Christel auf seinen Schooß.

Den Wassergeist aus der Fluth er spielt,
Auf jedem Arm er ein Mädchen hielt.

Griechisch.

Endlich finde ich dich wieder,
Diesmal kannst du nicht entfliehen;
Welches Glück, ich möchte betend
Auf der Stelle niederknieen.

Beten? Doch zu wem? In frommen
Dingen gelte ich als Spötter:
Ich gesteh' es auch, mir haben
Nie behagt die alten Götter.

Lasse deshalb heute Abend
Uns zu einer Göttin flehen;
Denn mit einer solchen weiß ich
Auch viel besser umzugehen.

Als Ulyß nach vielen Jahren
An das Herz die Theure drückte,
Und die Herrscherin Minerva
Dieses trotz der Nacht erblickte.

War sie hocherfreut und hat der
Gold'nen Eos anbefohlen,
Ihre Rosse nicht so eilig
Von dem Ocean zu holen.

Solches Zartgefühl mit Einsicht
War bei Göttern nie vertreten:
Laß deshalb uns heute Abend
Beide zur Minerva beten.

Das Wiederfinden.

Sie fanden sich wieder; doch manches Jahr
Seit dem letzten Begegnen vergangen war.

Es ward nicht nach Diesem und Jenem gefragt,
Auch ward nicht geweint und ward nicht geklagt.

Sein stattlicher Wuchs und sein treuer Blick
Ihr riefen verschwundene Zeiten zurück.

Kein Wort, ihr holdes Lächeln allein
Erzählt ihm von Tagen voll Sonnenschein.

Er führte ein Töchterlein an der Hand,
Ein munterer Knabe zur Seite ihr stand.

Es küßten sich beide nach Kindesart,
Und ein fremdes Gefühl beschlich sie zart.

Es hat Vergangenheit hoch beglückt
Der Zukunft Strahlen der Liebe geschickt.

Er nahm ihr Söhnlein auf das Knie,
Es setzt' auf den Schooß sein Töchterlein sie.

Ihre Rede würzte manch traulicher Scherz,
Und Elternfreude beseelte ihr Herz.

Der Blutfelsen.
(Kalifornien.)

Eifrig die Tschumeias wieder sich im Potter-Thal: rühren,
Und aus allen Augen spricht es: neue Kriege will man führen.
Legt man wieder auf die Grenze das bekannte Kampfes-zeichen?
Sollen nun der letzten Pomos Schädel in der Sonne bleichen?

Auf neutralem Grund der Tätus die Tschumeias sich be-rathen;
Doch was gibt es, denn sie haben ja die Pomos eingeladen?
Freundlich spricht man; neue Feinde gilt es aus dem Land zu jagen;
Neue Feinde, die den Donner und den Blitz in Händen tragen.

Ja, ein Bündniß will man schließen nun zu allgemeinem Wohle;
Andre Zeiten sind gekommen, jetzo heißt die Schlachtparole:

Tod dem frechen Blaßgesichte, das der Rothen Land verheeret
Und den Wald von Wildpret säubert und den Fluß von Fischen leeret!

Ruhig saßen da die Pomos, hörten Alles, aber schwiegen,
Denn den Todesfeinden helfen heißt sich selber neu besiegen;
Ohne Antwort fort sie zogen hin auf unbemerkten Pfaden,
Um die Pläne der Tschumeias allen Weißen zu verrathen.

Diese griffen zu den Waffen und in mitternächt'ger Stille
Tönt' in der Tschumeias Dörfern Kriegsgeheul und Mordgebrülle;
Pfeile schwirrten, Kugeln saus ten, zuckend häuften sich die Todten,
Und von einem Dorf zum andern zogen kämpfend sich die Rothen.

Von dem Gang des Todeskampfes gaben Feuersäulen Kunde
Und das Jammern und das Wimmern aus des Säuglings schwachem Munde.
Scheu verbirgt der Mond sein Antlitz, jeder Stern erblaßt am Himmel,
Und die finstre Nacht verschleiert das entsetzliche Gewimmel.

Als die frühen Morgenstrahlen ihren Gruß der Erde sandten,
Sie noch vierzig rothe Krieger hoch auf kahlem Felsen fanden,
Lächelnd blickten nun nach oben rings die Blaßgesichter unten.
Und ein jeder Blick verkündet' Tod den letzten rothen Hunden.

Gnade sei euch doch verliehen, daß die Todesart ihr wählet,
Wollt ihr ihn durch eine Kugel aus der Büchse, die nie fehlet,
Oder in den Abgrund springen von des Felsens höchsten Zinnen?
Kurze Zeit doch, merkt's ihr Mörder, laffen wir euch zum Besinnen!

Stumm die rothen Krieger standen, ohne Zittern, ohne Zagen;
Keines Einz'gen Mund entströmte banges Seufzen oder Klagen;
Ernst sie reichten sich die Hände und ein Todeslied sie sangen,
Dessen Töne aus der Höhe wie von fernen Geistern klangen.

Und im nächsten Augenblicke bäumt ein formenloser Knäuel
Sich in schauerlicher Tiefe, die verhüllt den blut'gen Greuel;
Oben aber Blaßgesichter jubeln laut zur Siegesfeier —
Westwärts zieht der Stern des Reiches, folget ihm, gefräß'ge Geier!

Aufruf zur Bekehrung.

Laßt uns Muselmänner werden,
Eh' wir aus dem Leben scheiden;
Denn um ihren Himmel kann man
Doch die Christen nicht beneiden.

74

Sagt nur, welchen Reiz es bietet
Psalmen stets zu recitiren?
Hat man keine gute Stimme,
Kann man höchstens sich blamiren.

Auch verhaßt ist mir das ew'ge,
Trockne Vaterunserbeten;
Darum, Freunde, laßt uns schwören
Zu der Fahne des Propheten.

Ja, es ist kein Wunder, daß man
Ihn den „Vielgepriesnen" heißet;
Hört nur, wie im Paradiese
Er die Frommen tränkt und speiset.

Denkt der holden Stätte — eine
Balsamduftende Oase!
Rosenbüsche, Dattelhaine
Stehn im ewig grünen Grase.

Dornenlose Lotosblumen,
Tathabäume lieblich blühen
An den Ufern der drei Flüsse,
Die das Paradies durchziehen.

Süße Milch fließt in dem ersten,
Süßer Honig in dem zweiten,
Und der dritte beut beständig
Uns des Weines Seligkeiten.

75

Keine Gluth des Samum quält uns
In dem schattenreichen Garten,
Wo mit schwarzen Augen Peris
Lüstern unsres Winkes warten.

Wie die Perlen in den Muscheln
Ruhen sie in seidnen Zelten;
Und zu Weibern sind bestimmt sie
Nur für uns, die Auserwählten.

Und der Wein, den uns die Holden
Dort in goldnen Bechern reichen
Reizt uns nie zu dummen Reden,
Oder sonst'gen dummen Streichen.

Unbeschreiblich sind die Freuden,
Die uns Gläubigen beschieden;
Jeden Tag begrüßt uns Allah,
Und sein einz'ges Wort ist: Frieden!

Darum höret meine Stimme:
Laßt uns Muselmänner werden;
Dann nur finden wir Belohnung
Für das Ungemach auf Erden.

Merkt doch: auf dem Sterbebette
Ist's noch Zeit sich zu bekehren;
Für das Leben kann bekanntlich
Glaubenslehren man entbehren.

Eine Talmud-Legende.

Vor seinem Zelte saß am Abend Abraham
Als, auf den Stab gestützt, ein Wandrer zu ihm kam.

Ein Leben voller Noth, voll Kummer und Gefahr
Auf gramdurchfurchter Stirn ihm eingeschrieben war.

Und keuchend bat er leis um Obdach für die Nacht.
Und Abraham hat gleich ihm Speis und Trank gebracht.

Er nahm's; doch wußt' er Gott dafür kein Dankeswort,
Und von dem Hause jagt drauf Abraham ihn fort.

Doch Gott, die Nacht darnach, erschien dem Abraham,
Er lag im Traum, doch klar er dieses Wort vernahm:

„Für eine einz'ge Nacht er schon zu schlecht dir war,
Ich duldet' auf der Erd' ihn doch schon hundert Jahr!"

Eine Lebensregel.

Aus Tugend und Laster
Der Mensch ist gemacht;
Doch stets sei der Tugend
Des Nächsten gedacht.

Bei dir nur das Laster
Zu suchen begehr';
Von dir denkst du weniger,
Von andern dann mehr!

Mahnung.

Nie nach Fehlern
Mußt du sehen;
Schönheit suche
Zu erspähen.

Wenn der Rosen
Zarte Blätter
In dem rauhen
Herbsteswetter,

Von dem Strauche
Farblos wehen,
Kannst die Dornen
Leicht du sehen.

Schlagfertig.

(Altdänisch.)

Der Bruder sprach zum Schwesterlein:
„Sag, willst du denn noch gar nicht frein?"

„Was, ich schon freien? Was fragest du?
Ich bin noch viel zu jung dazu."

„Du fürchtest, wie man hierorts spricht,
Vor Männern doch dich wahrlich nicht."

„Man spricht" heißt's, wenn man Lügen sagt
„Man spricht", was Narren nur behagt."

„Heut' Morgen kam ein Ritter froh
Aus deinem Schlosse; ist's nicht so?"

„Mein Page war's — dies macht mir Spaß —
Der stolz auf seinem Pferde saß."

„Wem waren die Schuhe, klein und nett?
Ich sah sie gestern vor deinem Bett?"

„Warum besahst du sie nicht nah?
Es waren meine Pantoffeln ja."

„Wem war das Kind, o sage mir,
Es lag ja in dem Bett bei dir?"

„Ein Kind? du hältst zum Narren mich,
Mit meiner Puppe spielte ich."

„Was war das für ein Kind, das schrie
In deinem Zimmer heute früh?"

„Das Zimmermädchen schrie, du Thor,
Weil einen Schlüssel es verlor."

„Wem war die Wiege doch, sie stand
In deinem Zimmer an der Wand?"

„Mein Webstuhl war's, ein seidnes Tuch
Wob ich darauf; ist das genug?

Doch frag' in alle Ewigkeit,
Die Antwort hab' ich stets bereit!"

* * *

Wenn eine Frau nicht gleich gewandt
Hat eine Ausred' bei der Hand,
Dann wird die Nordsee trocknes Land.

Einem Dichter.

Singe, Dichter, lasse nie
Unlust dich bemeistern,
Kannst du auch zum Freiheitskampf
Männer nicht begeistern —

Nun, dann sing' ein Schlummerlied,
Daß beim Becherblinken —
Dann auch hast Du wohlgethan —
In den Schlaf sie sinken.

Tempelreinigung.

Greift zur Peitsche, greift zum Schwert,
Säubert eure Tempel
Von der schlauen Wucherei
Abgeschmacktem Krempel.

Doch das Schwert soll in der Hand,
Die da heilet, flammen;
Und ein Mund, der segnen kann,
Soll auch nur verdammen.

Philosophie des Lebens.

In der Kirche und im Staate
Herrscht man oder wird regieret;
Bei dem Freien, bei der Heirath
Narrt man oder wird verführet;
Bei dem Spiel und beim Geschäfte
Trügt man oder wird betrogen;
In dem Kriege, in dem Bündniß
Lügt man oder wird belogen;
In Gesellschaft, bei Verwandten
Trägt man oder wird ertragen;
Bei dem Kampfe um das Dasein
Schlägt man oder wird erschlagen.

Freude.

Freu' dich, holdes Mägdelein;
Aber laß die Freude sein
Wie die holde Maiensonne,
Die den Blumen zart und fein,
Ihres sanften Lichtes Wonne
Spendet, daß sie still gedeihn.

Freu' dich, holdes Mägdelein;
Nimmer laß die Freude sein,
Wie des Juli heiße Strahlen,
Die der Blumen bunten Schein
Allzuheftig übermalen,
Und ihn schnell dem Tode weihn.

Im Walde.

Sei mir gegrüßt auf deinem Ast,
O Vöglein, hold und heiter;
Ich stör' dich nicht, sei unbesorgt
Und sing dein Liedchen weiter.

Die Frühlingsluft trieb mich hinaus
Aus enger, dumpfer Stube;
Verborg'ne Waffen trag' ich nicht,
Als wie ein böser Bube.

Ich wollte sehn, ob mir ein Lied
Im Walde hier gelänge,
Das, wie das deine, hell und frisch
In treue Herzen dränge.

Lied.

Wenn, nachdem ein wilder Regen
Ueberreich die Flur getränkt,
Sich der Sonne Strahlensegen
Milde auf die Blumen senkt,
Gleich ein jedes Tröpflein lächelt
Wie ein heller Diamant,
Gleich ein jedes Blümchen fächelt
Wohlgerüche durch das Land.

Wenn das herbe Leid des Lebens
Mir das Herze schwer beklemmt,
Und das Glück erhabnen Strebens
Frevelhaft das Schicksal hemmt,
Stets ein treuer Freund beseelet
Mich mit neuer Lebenslust,
Und was mich erquickt und quälet,
Strömt als Lied aus meiner Brust.

Trennung.

Fort du zogest in die Weite,
Wo dich Andre froh begrüßen;
Und ich sinne nun auf Mittel,
Unsre Trennung zu versüßen.

Um mein Herze zu erleichtern
Will ich nun ein Liedchen singen,
Und des Frühlings sanfte Lüfte
Mögen's deinem Ohre bringen.

Wilde, ungezogne Knaben
Sind zu Walde heut gegangen,
Und ein liebes, muntres Vöglein
Haben sie dort eingefangen.

Und im goldnen Käfig flattert
Es beständig hin und wieder;
Freiheit sucht es — doch die Stäbe
Sind zu stark für seine Glieder.

Hin zum Walde sehnt sein Herz sich,
Hin zur trauten Waldeshecke;
Doch vergebens! Trüb und traurig
Setzt sich's nun in eine Ecke.

Da wo Lieb' und Freiheit herrschet
Herrscht auch nur der wahre Friede!
Horch, es singt! Und so erleichtert
Es sein Herz mit einem Liede.

Lied.

Ich grub mein Herze voll Liebesgram
Tief in die Erde hinein,
Doch bald aus dem Boden hervor es kam
Als duftendes Blümelein.

Aus Liebesgram mein Herz ich schnellt'
Hinauf in des Himmels Azur,
Zum Sterne es ward, und traulich erhellt
Er Abends die liebliche Flur.

Wenn köstlichen Duft dir ein Blümlein schickt,
Rings um dich die Lüfte ersüßt,
Und wenn lächelnd ein Stern zu dir nieder blickt,
Dann weißt du, Schatz, wer dich grüßt.

In die Höhe.

Keinen Kampf der Elemente,
Nicht des Wirbelwinds Verheeren
Kennt man in des Himmels Bläue,
In der Region der Sphären.

Keine unheilschwangre Wolke
Trübt den ew'gen Frieden oben;
Nur hier unten auf der Erde
Schreckt des Donners grausig Toben.

Des Erhabnen Seele weilet
Heiter in der Näh' der Sterne,
Und der Leidenschaften Stürme
Bleiben ihm dort ewig ferne.

Ziel.

Das Höchste halte für dein Ziel,
Was dich auch immerhin betroffen;
Doch ist der Himmel alles Glücks
Nur einer muth'gen Seele offen.

Wenn in der Luft der Aar zertheilt
Im Flug die finstre Wolkenschichte,
Dann dienen alle Sterne ihm
Mit ihrem freudenreichen Lichte.

Jakobsleiter.

Eine Jakobsleiter
Jedes Herz enthält,
Von der Erde reicht sie
Bis zum Himmelszelt.

Auf und nieder steigen
Engel gottgesandt;
Wahrheit, Lieb'- und Treue
Werden sie genannt.

Doch am Tage weilen
Sie im Himmelsraum,
Nur bei nächt'ger Stille
Sieht man sie im Traum.

Lied.
(Nach dem Portugiesischen des Luis de Camoens.)

Wie heiter doch das Lied erklang,
Das ich im Liebesfrühling sang,
Doch jetzt bewein' ich Tag und Nacht,
Was einstens Freude mir gebracht.

Mein Lebensbaum voll Blüthen hing,
Mein Herz sein Osterfest beging;
Es brach und aus der goldnen Zeit
Blieb mir nur bittres Herzeleid.

Stets war der Schmerz gepaart mit Lust;
Manch' Lied entströmt noch froh der Brust;
Wie's aus der Brust des Sträflings dringt,
Der zu dem Klang der Ketten singt.

Enttäuschung.

Voller Diamantenschmuck
Und mit stolz erhobner Brust
Rauscht dahin die schöne Maid,
Ihrer Reize wohl bewußt.

Jeder schaut sich um nach ihr,
Von dem Anblick hoch entzückt!
Ruhig, Herz, nur eitler Glanz
Ist es, der dich hier umstrickt.

Denn sie gleicht dem Meteor,
Der des Himmels Raum durchfliegt,
Und der nur ein rauher Stein,
Wenn er Dir zu Füßen liegt.

Ragnarök.

Schwere Träume quält die Asen, Balder weinte blut'ge Zähren
Und selbst Wodans Wort vermochte keinen Trost ihm zu gewähren.
Hin zu Ward am Weltenbaume Wodan mit zwei Göttern eilte,
Daß er aus dem Weisheitsborne ihnen guten Rath ertheilte.

Doch zur Antwort hatt' nur Thränen er auf alle ihre Fragen;
Sicher war's, es barg die Zukunft tiefes Leid und laute
  Klagen.
Ungesäumt sie weiter ritten hin zum fernen Nebelthale,
Wo in ihrem finstern Hause wohnt' die geisteshelle Wale.

Wodan warf die Runenstäbe, sprach die Formeln der Be=
  schwörung,
Daß aus tiefem Schlaf sie auffuhr: „Wer verursacht diese
  Störung?
Regen schlug mich, Schnee fiel auf mich, Thau benetzte
  meine Wangen,
Balder bleibt im Todtenreiche bis zum Weltenbrand ge=
  fangen!"

Als nach Asengard sie kamen hörten sie die Trauerkunde:
Balder starb, ein Zweig der Mistel brachte ihm die Todes=
  wunde!
Und den unheilvollen Loge sah man bei der Leiche stehen
Und man hört' ihn frechen Mundes die erschrocknen Asen
  schmähen.

„Ihres Mannes Meuchelmörder nahm Iduna zum Gemahle,
Langsam mit der Hand ist Brage, laut doch seines Munds
  Geprahle,
Wodan hat den ächten Helden öfters um den Sieg betrogen,
Frick und Frey sind allen Männern jederzeit zu sehr ge=
  wogen!"

Donner kam. Zum Tod erschrocken vor des Gottes Feuerstrahle
Eilte der verwegne Loge schnell aus dem entweihten Saale;

Fort er lief, auf hohem Berge baut' ein Haus er mit vier
 Thüren,
Um zu sehen, was die Götter gegen ihn im Schilde führen.

„Sollen wir," sprach Wodan wüthend, „Loge's Schimpf
 und Spott ertragen?
Ruhe haben wir nicht eher, bis der Bösewicht erschlagen;
Seine Kinder sei'n vernichtet, Tod der gift'gen Migard-
 schlange,
Tod dem grimmen Fenriswolfe, Helle ihren Lohn empfange!"

Und nach Nebelheim, dem trüben, führte man mit List die
 Helle,
Elend heißt dort ihre Wohnung und Verderben ihre Schwelle,
Unheil nennt man ihre Pforte, ihre Speisen Klein und
 Mager,
Hunger nennt man ihre Schüssel, Kummer heißt ihr nächt'ges
 Lager.

In des Meeres Tiefen warf man dann die Schlange, die
 verhaßte,
Doch sie wuchs, daß mit dem Schwanze sie die Erde rings
 umfaßte.
Und der Fenriswolf, der starke, ward von Skirnir überlistet,
Daß gefesselt in der Erde er ein traurig Dasein fristet.

Nun gilt's Loge aufzusuchen. Dieser doch war vorbereitet,
Und er hatte sich inzwischen schlau in Lachsgestalt gekleidet.
Doch die Götter flochten Netze, und als sie ihn endlich fanden,
Sie mit Sehnen ihn aus Därmen seines Sohnes Wala
 banden.

Ueber die gezackten Felsen sie den ries'gen Unhold legten,
Stark gefesselt lag er dorten, weder Hand noch Fuß sich
    regten;
Ueber ihm dann aufgehangen ward ein Lindwurm, gift=
    geschwollen,
Der ließ seine Eitertropfen stets ihm auf das Antlitz rollen.

Ruhig wiederum die Götter heim nach Asengard nun reiten,
Aber kaum dort angekommen, stürmte es von allen Seiten,
Wilde Schneegestöber heulten und im gräulichen Getümmel
Da erblaßten selbst der Sonne holde Strahlen an dem
    Himmel.

Aus den Fugen geht die Erde, selbst die höchsten Berge beben,
Aus dem Grund gerissne Eichen sieht man durch die Lüfte
    schweben;
Alle Sterne sieht man fallen, sieht sie liegen auf der Erde,
Und von zwei gefräß'gen Wölfen Sonn' und Mond ver=
    schlungen werden.

Nichts als Kriegen und als Morden gibt es auf der dunklen
    Erde,
Weder Greis, noch Frau, noch Säugling finden Gnade vor
    dem Schwerte;
Bruder gegen Bruder streitet, alle Laster sind im Schwange,
Und mit neuem Jotenmuthe reget sich die Midgardschlange.

Alle Banden sind zerrissen und zertrümmert alle Festen,
An dem Blut gefallner Helden seht den Fenriswolf sich mästen;

Gift und Galle speit die Schlange, frei sich wieder Loge
rühret,
Flott wird Nagelfar, ein Riese es am Steuer sicher führet.

Muspel's Schreckenssöhne kommen, Surtur reitet an der
Spitze
Und den Weg zur Wigridebne zeigt sein blendend Schwert=
geblitze;
Die Hrimthusen, Hel's Gefolge, Alles eilet um die Wette
In dem Sturm des Fimbulwinters hin zur letzten Kampfes=
stätte.

Heimdall wecket nun die Götter laut mit dem Giallarhorne,
Und es holet Odin eilig Weisheit sich an Mimirs Borne;
Und die Asen stürzten muthig sich dann in die letzte Bresche,
Daß in allen Fasern bebet Ygdrasil, die Lebensesche.

Odin mit dem Speere Gungnir stürmt dem Fenriswolf
entgegen,
Thor versucht die Midgardschlange mit dem Hammer zu er=
legen;
Gegen Heimdall streitet Loge, Tyr kämpft mit dem Gnipa=
hunde,
Doch ein jeder Held sinkt nieder, in der Brust die Todes=
wunde.

Seine rothen Flammen schleudert Surtur wild umher im
Streite,
Und bald stehen Erd' und Himmel rings im Feuerpurpur=
kleide.

Und der Lebensbaum verbrannte, alle Söhne Ymers starben
Und das Weltall ward zu nichte vor des Surtur heißen
Garben.

Aber eine neue Erde sieht man aus dem Chaos steigen,
Und der Adler fliegt darüber, sucht nach Fischen, nicht nach
Leichen;
Balder tritt aus Hel's Behausung und die neu geschaffnen
Wesen
Auf dem Idafeld voll Andacht neue Runentafeln lesen.

Laß die alten Götter sterben, heißt's in jenen Weisheitslehren,
Sollen niemals mehr die Zeiten dich des Beils und Wolfes
stören;
Neu gereinigt sei die Erde durch der Liebe heil'ge Flammen
Und es wohn' darauf der Balder mit dem Höder froh zu=
sammen.

Romantische Jeremiade.

Ich war ein glücklicher Knabe
Und spielte auf blumiger Au';
Ich ließ den Drachen hoch fliegen
Hinauf in des Himmels Blau.

In alten Schlössern und Burgen
Mein Lieblingsaufenthalt war;
Ich wünschte mit Riesen im Kampf mich
Und blutigen Streits Gefahr.

Zu Worms bei Günther und Siegfried
Saß oft ich im fürstlichen Saal;
Mit Parzival war auf Montsalwatsch
Ich täglich beim heiligen Graal.

Ein König wollte ich werden,
Wollt tragen Scepter und Kron';
Drum zog ich hinaus in die Ferne,
Zu erobern den Fürstenthron.

Der Ritter und Helden sah viel' ich
Auch sah ich manch Drachengesicht;
Doch sie kämpften wie Hagen, der Falsche,
Sie kämpften wie Siegfried nicht.

Auch lieblicher Frauen sah viel' ich,
Mit schuldlosem Engelsgesicht;
Doch sie liebten all' wie Ginevra,
Sie liebten wie Gudrun nicht.

Ich trat in hohe Paläste,
Trank Wein aus goldnem Pokal;
Viel' Burgen sah ich, doch nirgends
Erschien mir der heil'ge Graal.

Doch bin ich ein König geworden,
Und Scepter und Krone ich hab' —
Die Kron' ist von giftigen Dornen
Das Scepter ein Bettelstab.

Türkische Legende.

Ein Pascha ist vor mehr als sieben tausend Jahren
Aus thränenschwerem Traum einst plötzlich aufgefahren.

Und unter Zittern ließ er graben diese Worte:
„Gott nur ist groß!" in Stein, hoch an der Hauptstadt Pforte.

Längst flog des Pascha Staub nach allen Himmelswinden,
Und von der reichen Stadt ist keine Spur zu finden.

Ein alter Stein nur liegt, wo Prunk und Pracht gewesen;
„Gott nur ist groß", kann drauf der fremde Wand'rer lesen.

Die Welt.
(Aus Ghazzali's „Alchemie des Glücks".)

I.

Lernbegier'ger Jüngling wisse,
Daß die ganze Welt ist gleich
Einem Weibe, alt und häßlich,
Zahnlos und an Runzeln reich.

Doch sie geht einher in Seide,
Scheint von fern der Schönheit Bild,
Und ein reich verzierter Schleier
Kopf und Antlitz ihr verhüllt.

Hat sie Einen angezogen,
Und er folgt ihr liebentbrannt,
Wirft sie, wenn er sie umarmet,
Schnelle von sich ihr Gewand.

Ziehet vom Gesicht den Schleier,
Wirft zur Erde ihr Geschmeid,
Und sie zeigt sich dann in nackter
Ungeschminkter Häßlichkeit.

Und des Mannes, den sie also
Angeführet und genarrt,
Bittre Schande und Enttäuschung,
Schrecken und Verzweiflung harrt.

Wird am jüngsten Tage Allah
Mit uns in's Gerichte gehn,
Lässet er die Welt, die schöne,
Als ein altes Weib uns sehn.

Eingeschrumpft sind ihre Lippen,
Ihre Augen sind wie Blei,
Eingefallen sind die Wangen,
Und ihr Mund ist zähnefrei.

„Fort mit dieser Frau des Schreckens!"
Hören laut wir Alle schrein,
„Denn ihr Anblick schafft der Seele
Höllenqualen schon allein!"

„Ihretwegen", heißt die Antwort,
„Gabt ihr Raum dem Stolz und Neid,
Ihretwegen waret immer
Ihr zum blut'gen Mord bereit!

Ihretwegen habt beständig
Ihr gehaßt euch in den Tod,
Ihretwegen habt verachtet
Ihr mein heiligstes Gebot.

Nehmet hin nun die Geliebte,
Lastervoll und martervoll;
In der Hölle sie auf ewig
Euch Gesellschaft leisten soll!" —

II.

Durch den Wüstensand der Pilger reitet hoch auf dem
    Kameele;
Also dient des Menschen Körper auch zum Lastthier seiner
    Seele.

Will der fremde Pilger sicher kommen an das Ziel der Reise,
Muß sein treues Thier genügend er versehn mit Trank
    und Speise.

Doch er darf an seiner Pflege nicht sein ganzes Gut ver-
    schwenden,
Und er darf nicht alle Stunden Nachts und Tags darauf
    verwenden.

Hinter seiner Karavane wird er sonst zurückbleiben,
Und es würde Noth und Elend bald ihn zur Verzweiflung
treiben.

Also ist es mit den Menschen, die stets an den Körper
denken.
Und die Tag und Nacht besorgt sind, ihn zu speisen und
zu tränken.

Einsam, mittellos und freundlos durch die Wüstenei sie
streichen,
Und das Land des wahren Glückes werden nimmer sie
erreichen.

Kreislauf.

Die Wolke durcheilet des Himmels Azur
Und zeigt sich dem Wandrer einen Augenblick nur;
Eine Woge des Ozeans Leben ihr gab
Und ihre Wiege wird später ihr Grab.

Wie die Wolke ich eil' durch unendlichen Raum,
Sagt, was ist das Leben, ein Lied nur, ein Traum?
Denn die Erde, die flüchtiges Leben mir gab,
Verlanget mich sicher dereinst für ein Grab.

Kaufpreis.
(Orientalisch.)

Willst du Honig, darfst du nicht
Nach dem Stich der Biene fragen:
Wer zu Hause bleibt, der wird
Nie den Kranz des Siegers tragen.

Holt der Taucher Perlen wohl
Aus dem Meer, dem tiefen, stillen,
Wenn er scheu am Ufer bleibt,
Fürchtend sich vor Krokodilen?

Was das Schicksal dir versprach,
Mußt du selber dir erringen;
Aber ohne Muth und Fleiß
Wird es nimmer dir gelingen.

Erklärung.

Es hat, was ich mir längst gedacht,
Ein Philosoph herausgebracht:
Diogenes in's Faß nur kroch,
Dieweil's nach gutem Weine roch.

Auch jeder Bibelmann erzählt,
Daß, als man weiland Saul erwählt
Zum König über's Judenland,
Man hinter einem Faß ihn fand.

Drum runzle Keiner sein Gesicht,
Wenn heut ein Zeitgenosse spricht:
Mein Aufenthalt sei stets beim Wein,
Möcht' auch gern etwas Großes sein!

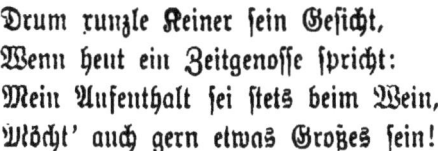

Astronomisches Trinklied.

Wir sind drei arme Planeten
Und unser Licht ist geborgt;
Die Flasche ist unsere Sonne,
Die der brave Wirth uns besorgt.

Zur Unterwelt des Kellers
Mercurius heimlich uns zog;
Man merkt es an ihm noch heute,
Daß er in der Wiege schon sog.

Saturn, der alte, gar weidlich
Von Sonnenstrahlen sich nährt;
Hat er wohl Titanen erschlagen?
Hat heute er Kinder verzehrt?

Und Mars, der Bringer des Friedens,
Trotzdem er zur Venus oft geht,
Ihm ist ja der Hahn geheiligt,
Drum warten wir auch, bis er kräht.

Wir sind drei arme Planeten,
Doch ist für die Sonne gesorgt;
Der Wirth wird später schon merken,
Daß unser Licht nur geborgt.

Spruch des Aristoteles.

Wer die Freuden toll genießt,
Die da seiner harren,
Den wird früher Ueberdruß
In die Erde scharren.

Doch wer alle Freuden flieht,
Die da seiner harren,
Den zählt zu den Heuchlern man,
Oder zu den Narren.

Der Dichter.

Seht, die Wolken in den Lüften,
Ziehen über Thal und Auen:
Berge, Schluchten, Hügel, Wälder
Aus der Höhe niederschauen.

In dem unbegrenzten Raume
Stets sie auf und nieder steigen,
Und in hehrem Luftgefilde
Sie die untre Landschaft zeigen.

Also zieht der Geist des Dichters
Nach dem holden Reich der Sonne,
Und er zeigt in seinen Liedern
Uns der Menschen Leid und Wonne.

Strophen.
(Nach dem Portugiesischen des Luis de Camoens.)

Den tugendsamen Mann ich fand
Im Kampf mit tausendfachem Leid;
Ihm half kein Freund und bei ihm stand
Der Feind, zum Todesstreich bereit.

Den Knecht der Leidenschaften sah
Ich stets bei frohem Festgelag';
Im Kreis der Freunde saß er da,
Sein Leben war ein Sommertag.

Die Thorheit mich gefangen nahm,
Und willig folgt' ich ihrer Spur;
Doch war von Elend, Pein und Gram
Und Strafen sie die Quelle nur.

Gewiß gibt's eine hohe Macht,
Die regelt aller Dinge Gang —
Das Laster kurze Zeit nur lacht,
Jedoch die Tugend spät und lang.

Wie's geht.

Wer die Menge Weisheit lehret,
Die in ihren Kram nicht paßt,
Wird gelästert und verläumdet
Und von Jedermann gehaßt.

Wenn mit nackter Hand der Gärtner
Dornen aus dem Boden rauft,
Bald sein Blut aus vielen Wunden
Auf die Erde niedertrauft.

Zur Beachtung.

Morgen scheint ein andrer Stern
Dir auf andrem Pfad,
Und ein andrer frommer Wunsch
Deinem Herz sich naht.

Siehst in andre Luft und Zeit
Morgen dich versetzt;
Was du sein willst, das sei heut';
Dir gehört das Jetzt.

Der Morgen.

Balder, Gott des Sonnenblickes,
Nanna einst im Bad erspäht,
Und im höchsten Rausch des Glückes
Seine Lieb' er ihr gesteht.

Morgenstrahlen sich ergießen
Auf die Blüthen frischbethaut;
Wenn die Kelche sich erschließen,
Man darin den Himmel schaut.

Die Sonne.

Aus dem wolkenfreien Aether,
Grüßet uns der Sonnenschein,
Und die Bahn unzähl'ger Sterne
Hüllet er in Schatten ein.

Aber wenn der Abend dämmert,
Wie erglänzen da so traut
In dem Sonnenlicht die Sterne,
Bis der nächste Morgen graut.

Also beides, Licht und Schatten,
Einem einz'gen Stern entspringt,
Wie im Leben Leid und Freude
Stets aus Einer Quelle bringt.

Lied.

Groß ist die Freude, wenn der Mann,
Der in der Welt vereinsamt stand,
Ein edles, treues Weib gewann,
Worin er selbst sich wieder fand.

Wenn unverhofft der bittre Tod
Sie dann ihm aus den Armen reißt,
Wer ist's, der ihm aus seiner Noth
Den Weg zu neuem Troste weist?

Doch sieht die Welt viel größer Leid,
Und größer Unglück bricht herein,
Wenn du ein edles Weib gefreit,
Ohn' ihrer völlig werth zu sein.

Natur und Liebe.

Ein leises Lüftlein säuselt
Auf kalter Alpenhöh',
Und verderbenbringend kräuselt
Sich der kryſtallne Schnee.
Gewalt'ge Maſſen brauſen
Hinab im Augenblick,
Verwandelnd in Tod und Grauſen
Des ſtillen Thales Glück.

Kalt iſt, wer niemals kannte
Der Liebe Luſt und Qual;
Doch ſobald ein Aug' ihm ſandte
In's Herz den Götterſtrahl —
O, da geſchieht ein Wunder,
Sieh' wie das Auge lacht!
Der ganzen Welt wird munter
Des Glückes Gruß gebracht.

Drachenlied.

In ſcheußlichen Höhlen des Fabellands,
Da hauſen viel ſchreckliche Drachen,
Und wüthend mit teufliſchen Krallen ſie
Gar koſtbare Schätze bewachen.

Sie fahren sobald sich ein Menschenkind naht,
Empor aus dem höllischen Schlunde
Und schicken flammende Pfeile nach ihm
Aus giftigem, gräßlichem Munde.

Den Drachenbesieger drum feiert man
Als Retter des Volks in Gedichten,
Und feuert die späteste Jugend an,
Um Thaten des Ruhms zu verrichten.

Dies sind die Drachen des Fabellands,
Die vom Fett des Landes sich mästen.
Die jetzigen Drachen sind anderer Art,
Und wohnen in stolzen Palästen.

Sie lieben das Gold und sie lieben den Glanz,
Auch haben sie Gift in dem Munde;
Das Wort, von spitzer Zunge entsandt,
Schafft nimmerheilende Wunde.

Und wer da verdammt ist bei solchen zu sein,
Hat gute Gründe zum Klagen,
Und er wünscht, er dürft', wie im Fabelland,
Den Drachen des Hauses erschlagen.

Johann von Tours.
(Aus dem Altfranzösischen.)

Johann von Tours hatt' aus der Schlacht
Der Wunden viele mitgebracht.

„Guten Morgen, Mutter!" — „Hab' Gotteslohn,
Dein Weib gebar dir einen Sohn."

„O liebe Mutter, mache mir
Ein Bette auf den Boden hier.

Doch leise, daß es Niemand hört;
Mein liebes Weib werd' nicht gestört!"

Als Nachts die zwölfte Stunde schlug,
Lag Johann von Tours im Leichentuch.

„O liebe, gute Mutter mein,
Sag', was bedeutet doch dies Schrein?"

„Die Kinder sind's, sie sind erwacht;
Zahnschmerz sie bitter weinen macht!"

„O sage, liebe Mutter mein,
Was mag's doch mit dem Klopfen sein?"

„Der Schreiner, Tochter, ist im Haus,
Und bessert uns're Treppe aus."

„O sage, liebe Mutter mein,
Was mag's doch mit dem Singen sein?"

„Die Prozession der Priester geht
An unsrem Haus vorbei so spät."

„O liebe Mutter, weißt du wohl,
Welch' Kleid ich morgen tragen soll?"

„Man trägt jetzt Roth, trägt Blau wohl auch;
Schwarz ist am meisten im Gebrauch."

„O liebe Mutter, sage mir,
Du weinest ja, was ist mit dir?"

„Lieb' Tochter dann die Wahrheit hör':
Johann von Tours — er lebt nicht mehr."

„Den Todtengräber ruf' herbei,
Er schaufle gleich ein Grab für Zwei.

Ja, Platz muß auch noch übrig sein,
Daß du mein Kindlein legst hinein!"

Knabe und Bächlein.

Ein Knabe stand am Bachesranft
Und sah dem Lauf des Wassers nach;
Es war so klar, es lacht' so sanft,
Als wie ein heitrer Maientag.

O Bächlein, sprich, wo kommst du her?
Ein Trunk aus dir ist süß und kühl!
Mein Heim umbrausen Wolken schwer,
Und Stürme treiben dort ihr Spiel.

O Bächlein, sprich, wo eilst du hin?
Ich eil' hinab in's Blumenthal,
Wo jede Nacht mit frohem Sinn
Ihr Liedlein singt die Nachtigall.

Und jeden Morgen sich aus mir
Die Liebste dein die Lippen netzt;
Dann murmle Grüße ich von dir,
Was in den Himmel sie versetzt.

Ständchen.

Am Tage sind wir still und kalt,
Nichts ändert unsern starren Sinn;
Doch Herzen haben wir des Nachts,
Und heiße Liebe wohnt darin.
  Schläfst du, mein Schatz?

Es dunkelt rings! Und einen Gang
Weiß ich im nahen Gartenhag;
Als Leuchte dient dein Augenpaar,
Ich folge deines Herzens Schlag.
  Schläfst du, mein Schatz?

Nicht fürchte, daß die Menschheit stets
Mit ihrem Urtheil schnell bereit;
Die Liebe ist sich selbst Gesetz,
Das Alles, was wir thun, verzeiht,
  Schläfst du, mein Schatz?

Zur Beruhigung.

Währt auch deine Liebe ewig?
Theures Weibchen, welche Frage!
Doch erlaub', daß ich erzähle,
Dir als Antwort eine Sage.

Eros, Sohn der Aphrodite,
Ist ein muntres, junges Knäbchen,
Aber Jovis Donnerkeile
Bricht er leicht als wie ein Stäbchen.

Ew'ge Jugend, ew'ge Stärke
Stets den Liebesgott begleiten,
Löwen, Tiger, Leoparden
Sicher er besteigt zum Reiten.

Wahre Liebe altert nimmer,
Doch, was dich auch immer quälet;
Sieh' nur zu, daß unserm Eros
Auch der Anteros nicht fehlet.

Trost und Aufgabe.

Wenn des eis'gen Winters Wüthen
Endlich, endlich Abschied nahm,
Und uns tausend zarte Blüthen
Zeigen, daß der Frühling kam,

Ist es Zeit, daß man in's Freie
Frisch hinaus die Schritte lenkt,
Wo aus wolkenloser Bläue
Heitre Ruh sich niedersenkt.

Doch wohin, um Trost zu finden,
Auch der Mensch, der arme, eilt,
Auf den Bergen, in den Gründen,
Stets die Sorge bei ihm weilt;
Auf die düstereichen Matten,
Seit der Erde Anbeginn,
Streute seinen bleichen Schatten
Ueberall das Elend hin.

Mag der Zephyr freundlich fächeln,
Bald verheerend tobt ein Sturm,
Mag die Sonne heiter lächeln,
Gift erzeugt sie doch im Wurm,
Lockt das Fieber aus dem Boden —
Ach, du stehst in dieser Welt
Auf der Gruft unzähl'ger Todten,
Einem großen Leichenfeld.

Einen Edlen nach dem Andern
Legt man hin zur stillen Ruh,
Und man deckt nach kurzem Wandern
Dich mit ihrem Staube zu.
Glücklich, dem man aus dem Herzen
Jenen Wahn noch nicht geraubt,
Daß zur Linderung seiner Schmerzen
An ein Wiederseh'n er glaubt!

Liebe ist des Herzens Nahrung,
Freundschaft deine Brust erquickt,
Stets nach neuer Offenbarung
Wild dein Auge um sich blickt;
Weßhalb doch das Sehnen nähren,
Das den Busen stets durchdringt?
Durch Entsagen und Entbehren
Man den Frieden nur erringt.

Die Natur geht ohne Schonung
Immer ihren alten Lauf,
Ueber des Gerechten Wohnung
Klärt sich kein Gewitter auf.
Zum Gebet gefaltne Hände
Aendern kein Naturgebot,
Und zum Herrn der Elemente
Macht dich schließlich nur die Noth.

Schau nicht nach dem Licht der Sterne
In des Herzens Fieberfrost,
Denn aus öder, kalter Ferne
Spenden sie dir keinen Trost.
Frag' das Bächlein nicht, das helle;
Es kennt nichts als seinen Lauf,
Und der Ocean nimmt schnelle
Es in seine Fluthen auf.

Laß in ihren engen Kammern
Unbeweint die Todten ruhn;
Denn vergeblich ist dein Jammern,
Beßres gibt es noch zu thun:

Sorge wacker, daß das Gute,
Das hienieden sie erstrebt
Und erkämpft mit ihrem Blute,
In der Menschheit weiter lebt.

Für die Menschheit wirk' und schaffe
Ohne Ruh' und ohne Rast;
Führe tapfer deine Waffe,
Wenn dich auch das Schicksal haßt.
Brauche alle Geistesgaben
In dem wechselvollen Krieg,
Denn auch die Gefallnen haben
Hohen Antheil an dem Sieg.

Ein Gleichniß.

Sage, welch' besondre Gründe
Dich so oft in's Wirthshaus treiben?
Kannst du nicht alleine trinken
Und bei mir zu Hause bleiben?

Was! Alleine? Frau, du redest
Von dir unbekannten Dingen;
Doch es wird vielleicht ein Gleichniß
Dir die nöth'ge Klarheit bringen.

Eine Kohle in dem Ofen
Wärmt nicht und wird bald verglühen;
Vielen aber wird unfraglich
Stets ein Wohlgefühl entsprühen.

Einem Hunde.

Schleichen durch die Hinterthüre
Nächtlich finstere Gesellen,
Mußt du deinen Herrn und Meister
Kräftig aus dem Schlafe bellen.

Wenn jedoch ein schmucker Jüngling
Durch die Hinterthüre schleichet,
Und ein schönes Weib verstohlen
Ihm den Mund zum Küssen reichet —

Höre, Cerberus, dann lasse
Nimmer deine Stimm' erschallen,
Und du wirst, so lang du lebest,
Herrn und Herrin wohlgefallen.

Eichhörnchen und Berg.

Poche doch auf deine Höhe
Nicht zu viel, du alter Berg,
Es ist wahr, dir gegenüber
Bin ich nur ein winz'ger Zwerg.

Daß ich keinen Wald kann tragen
Macht mir nimmermehr Verdruß;
Doch du kannst nicht munter springen,
Knackst auch niemals eine Nuß.

Fraglich.

Ein fürchterlicher Wintersturm
Wild durch die Lüfte heulte,
Als ich noch spät am Abend jüngst
Zum Haus des Liebchens eilte.

Was machte doch, daß Arm in Arm
Wir gleich zusammen lagen?
Ob Liebe oder Kälte, ist
Im Winter schwer zu sagen.

Orientalische Lebensregel.

Zwei der Dinge mußt du dich enthalten,
Soll dein Leben glücklich sich gestalten:

Keine Maid du darfst zum Weibe nehmen,
Strahlt sie auch von Gold und Diademen.

Zweitens ist es nimmer zu verzeihen,
Geld von einem guten Freund zu leihen,

Wenn er auch mit frohem Lächeln sage:
Zahl's zurück nicht vor dem jüngsten Tage.

Soldatenleben.

Der Soldat zu allen Zeiten
Gerne in das Wirthshaus ging,
Und so lang er einen Pfennig,
Auch sein Mund am Glase hing.

Der Soldat zu allen Zeiten
Gern bei jungen Mädchen saß;
Gleich gelobt er jedem Treue,
Was er auch so schnell vergaß.

Ja, so ging's zu allen Zeiten,
Und so geht's im neuen Reich;
Sind sich die Gefahren ähnlich,
Sind sich auch die Freuden gleich.

Liebe.

Die Liebe gleicht dem Ocean,
Der klar und uferlos,
Und der des Himmels goldnen Schmuck
Entsendet seinem Schooß.

Die Liebe gleicht dem Ocean,
Vom wilden Sturm zerzaust,
Und über dem gewitterschwer
Die schwarze Wolke braust.

Kein heit'rer Stern am Himmel gibt
Geleit zum sichern Port,
Und auf den Wellenbergen tanzt
Dein irrend Schifflein fort.

Doch wer die See befahren will
Acht' nicht der Wogen Dräun,
Und wer ein liebend Herz begehrt,
Darf keine Stürme scheun.

Inhaltsverzeichniß.

	Seite.
Prolog	3
Kein Märchen	5
Alternative	6
Ungewohnt	6
Golgatha	7
Die Stätte des Glücks	7
Der Engel und das Kind	9
Tugend	10
Einem Freunde	11
Im Walde	11
Materialismus und Romantik	12
Marsyas	13
Lieder	16
Klein Karin	19
Lied	21
Prediger verlangt	22
Der Dichter	23
Sonst nichts	24
Der Spruch des Orakels	24
Spottvogel und Esel	27
Morgen	27
Was die alten Weisen fabeln	29
Todt	30
Der Raub der Iduna	30
Lieder	34
Ein Märchen	36
Für wen	38
Gefunden	39
Belehrt	40
Schreckliches Vorhaben	41
Der Sohn der Sorge	42
Wandlung	43
Entzückung	44
Heikle Fragen	45

                                                    Seite.
Helgi und Sigrun 46
Eule und Adler 48
Gott Serapis und der Räuber 50
Ghaselen 50
Der Gemahlin 53
Immerhin 53
Frühlingsmorgen 54
Blatt und Lied 55
Sei wie ein Stern am Himmel 56
Bitte 56
In der Einsamkeit 57
Lied 57
Aufschluß 58
Im März 59
Vernünftig 59
Pandora 60
Modernes Kirchengebet 63
Heyota 65
Die Macht der Harfe 67
Griechisch 69
Das Wiederfinden 70
Der Blutfelsen 71
Aufruf zur Belehrung 73
Eine Talmud-Legende 76
Eine Lebensregel 76
Mahnung 77
Schlagfertig 77
Einem Dichter 79
Tempelreinigung 80
Philosophie des Lebens 80
Freude 81
Im Walde 81
Lied 82
Trennung 83
Lied 84
In die Höhe 84
Ziel 85
Jakobsleiter 85

	Seite.
Lied	86
Enttäuschung	87
Ragnaröt	87
Romantische Jeremiade	92
Türkische Legende	94
Die Welt	94
Kreislauf	97
Kaufpreis	98
Erklärung	98
Astronomisches Trinklied	99
Spruch des Aristoteles	100
Der Dichter	100
Strophen	101
Wie's geht	102
Zur Beachtung	102
Der Morgen	103
Die Sonne	103
Lied	104
Natur und Liebe	105
Drachenlied	105
Johann von Tours	106
Knabe und Bächlein	108
Ständchen	109
Zur Beruhigung	110
Trost und Aufgabe	110
Ein Gleichniß	113
Einem Hunde	114
Eichhörnchen und Berg	114
Fraglich	115
Orientalische Lebensregel	115
Soldatenleben	116
Liebe	116

Im Verlage von J. Vogel in Glarus sind ferner erschienen:

Lieder aus der Fremde.

Freie Uebersetzungen

von

Karl Knortz.

Preis geheftet Fr. 2. —

Humoristische Gedichte

von

Karl Knortz.

Zweite Auflage. — Preis geheftet Fr. 2. —

Folgende Verlagswerke sind ferner bei J. Vogel in Glarus erschienen:

Silvia Andrea. Erzählungen aus Graubündens Vergangenheit. Geheftet Fr. 5. — Dasselbe elegant gebunden Fr. 6. 50.
— Faustine. Roman. Geheftet Fr. 4. 50. Dasselbe elegant gebunden Fr. 6. —.
Roland, Almuth. Schwalbennest. Bilderbuch ohne Bilder mit Liedern. In reizender Ausstattung Fr. 2. 40.
Freuler, Bernhard. Mein bleibender Christus. Ein Glaubens- und Liebesbild. Geheftet Fr. 3. 75. Dasselbe elegant gebunden Fr. 5.
Kölla-Kind, Wilhelmine. Praktische Rathschläge für Haus und Küche. Mit vielen Schnittmustern Geheftet Fr. 1. 50
Fahlweid, A. Das Horn von Uri. Alpensage. Geheftet Fr. 1. 50.
— — Dasselbe elegant gebunden Fr. 2. 80.
Stern, Maurice, von. Von jenseits des Meeres. Amerikanische Skizzen. Geheftet Fr. 1. 20.
Vogel von Glarus. Gedichte, 14. Auflage, 13 Bogen stark. Elegant gebunden Fr. 3.
— — Erinnerung an das Klönthal. Elegant gebunden Fr. 2. 50.
— — Wespen. Epigrammatische Kleinigkeiten. Elegant gebunden Fr 2.
— — Bilder aus den Alpen. Gedichte. Elegant gebunden Fr. 3.
Marti, Fritz. Schmerzenskinder. Geheftet Fr. 3.
Bauhofer, Arthur. Klaus und der Amaranth. Geheftet Fr 2. 10.
Telman, Konrad. Meereswellen. Gedichte. Geheftet Fr. 2.
Vogel, Babette. Lebensweisheit aus Viktor Hugo's Werken. Geheftet Fr. 1. 50.
Angelika von Hörmann. Aus Tyrol. Erzählungen. Geheftet Fr. 1.
Gerstenberg, Karl. Das deutsche Volkslied. Geheftet 60 Cts.
Caduff, Julius. Der Schyn. Ein Reisecyklus mit kulturhistorischen Blättern und Blüthen. Zweite Aufl. Geheftet Fr. 1.50.
Bandlin, Dr., J. B. Die Verheerungen der rhätischen Alpenthäler durch Wasser und Menschen. Geheftet Fr. 2. 50.
Krieg, J. M. Kreuzblätter und Trostblumen. Gebunden Fr. 3.
Religiöse Gedanken. Verfaßt von einem deutschen Arzte. Herausgegeben von Pfarrer Th. Merz Fr. —. 30.
Panorama vom Berg Speer. Elegant gebunden Fr. 1. 50.
46 kleine Erzählungen der Großmutter. Für Kinder Fr. —. 20.
Camenisch, Georg. Gedichte eines Blinden. Geheftet Fr. 2.
Dössekel, Eduard. Gedichte. Gebunden Fr 2.
Bürer, Konstantia Margaretha, geb. Engelberg von Moos. Die Muttertreue oder der Schmuck des Adels. Eine höchst interessante und spannende Lebensgeschichte. Preis Fr. 1. —,

Tschudi, Nikolaus. Der Friedensfreund. Poesie für Jung und Alt. Preis 75 Cts.
Bergmann, Friedrich. Zwölf Rütlilieder. Geheftet Fr. —. 40.
Diener, Dr., Aufklärungen über die Schleim-, Nerven- und typhösen Fieber. In Karton gebunden Fr. 1. 50.
Bandlin, Dr., J. B. und Vogel von Glarus. Schönheiten und Schrecknisse der schweizerischen Alpenwelt. Geheftet Fr 1. 20.
Helvetia. Musenalmanach des schweizerischen literarischen Vereins 3 Jahrgänge zusammen Fr. 3.

Die poetische Nationalliteratur der deutschen Schweiz.
Ein Nationaldenkmal.

Eine Zierde jeder Bibliothek. Dieses Werk enthält in 4 starken Bänden (2522 Seiten, groß Oktavformat, auf Velinpapier) Musterstücke aus den Dichtungen der besten schweizerischen Schriftsteller von Haller bis auf die Gegenwart, mit biographischen und kritischen Einleitungen. Die ersten drei Bände sind bearbeitet von Robert Weber, der vierte von Professor Dr. J. J. Honegger. Zum ersten Male wurde in dieser Arbeit das wirklich Gute, Bedeutende, Interessante unserer Literatur nach ästhetischen Grundsätzen aus den Quellen dargelegt, so daß das Werk einen Ersatz für 800—900 Bände bietet, welche von den Verfassern einer sorgfältigen, kritischen Würdigung unterworfen worden sind. Die poetische Nationalliteratur der deutschen Schweiz eignet sich auch vorzüglich als Festgeschenk! Restauflage 150 Exemplare. Herabgesetzter Preis: Complet in 4 Bänden geheftet Fr. 15.

Dramatisches.

Heer C. W. Niklaus von der Flüe. Drama. Geheftet Fr. 1. 50.
Neßler, Dr., Friedrich. Niklaus von der Flüe. Dramatisches Gedicht. Preis Fr. 2.
Farner, Ulrich. Die Befreiung von Glarus. Allegorisch-dramatische Dichtung in 3 Bildern. Geheftet Fr. 2.
— — Klönthallieder. Geheftet Fr. 1.
— — D' Dorfher von Tribeldinge. Volksstück mit Gesang in 4 Aufzügen. 8 H., 5 D. Fr. 1.50.
Huber, Anna. Klärchen oder die Romanheldin. Lustspiel. 3 H., 3 D Preis 60 Cts.
— — Die Zerstreute. Lustspiel. 2 H., 6 D. 60 Cts.
B. Studentenstreiche. Lustspiel 6 H. Preis 60 Cts.
Stutz, Jakob. Die Waise aus Savoyen oder Gott verläßt die Seinen nicht. Schauspiel. 6 H., 2 D. Preis 75 Cts.
— — Des Vaters Geburtstag. Kleines Schauspiel für Kinder. 1 M., 2 K., 1 H. Preis 60 Cts.

Stutz, Jakob. Der verirrte Sohn oder die Räuber auf dem Schwarzwald. Schauspiel. 9 H., 2 D. Preis 90 Cts.

Lustspiele von Jakob Stutz in zürcherischer Mundart:
Schön Fridli, oder wie er sich eine Frau sucht. 11 H., 7 D. Fr. 1 20.
Wie Stiefkinder ihrer bösen Stiefmutter los werden. 2 H., 3 D. 75 Cts.
Das Schwerste ist, sich selbst kennen. 5 H., 5 D. Preis 75 Cts.
Du sollst nicht reden oder wie ein krankes Weib gesund wird. 3 H., 3 D. Preis 90 Cts.
Liebschaften, wie es viele gibt. 8 H., 6 D. Fr. 1 20.
Der Haueigg mueß Götti si. 2 H., 1 D. 60 Cts.
Der Weiberputsch zu Dumlikon. 4 H., 4 D. Fr. 1. 40.
Eifersucht, oder wie am Dorfbrunnen die Lilgen wachsen. 5 H., 5 D. 60 Cts.
D' Chrutwähe. 1 H, 3 D. 60 Cts.
Die neue Eva. 2 H., 1 D. 60 Cts.
Die Gevatterschaft zu Scheinhausen. 2 H., 3 D. 75 Cts.
Die nidisch Chlefe. 1 H, 3 D 60 Cts.
Der Wittfraue Lise ist i d' Stadt ie gediene. 1 H.. 3 D. 60 Cts.
Luftschlösser. 2 H., 3 D. 60 Cts.

Stutz, Jakob. Humoristisches und Gespräche aus dem Volksleben. Ausgewählte Stücke. Erstes Heft. (Inhalt: Die Schulmeisterwahl. 's Zögels Chue. Täuschung. Die Sommernacht. 's Becken Anereg. Der Rathgeber. Die bekehrten Spieler. 's Leuewirths Chind hät i der Chille bätet. Schrecken und Verwirrung.) 90 Cts.

— — Humoristisches und Gespräche aus dem Volksleben. Zweites Heft. (Inhalt: 's Storchenegg-Anneli ist i der Stadt inne z'Dorf gsy) 90 Cts.

Dr. Albert Müller, Arzt, über unwillkürliche Samenverluste und über funktionelle Störungen der männlichen Geschlechtsorgane, ihre Ursachen, Folgen: (Zeugungsunfähigkeit, Impotenz, Urinbeschwerden, Nervenaufregung, Schwäche des Gedächtnisses, des Gesichtes, Ohrensausen, Schlaflosigkeit, Schläfrigkeit, Kopfschmerz, Schwindel, Epilepsie, Verdauungsbeschwerden, Verstopfung, Herzklopfen, asthmatische Anfälle, Trägheit, allgemeine Müdigkeit, Gemüthsverstimmung u. s. w. (Diagnose und Behandlung, nebst einem Anhange von 44 Krankheitsfällen. Zweite Auflage, geheftet Fr. 6.

Drei Gärten und ihre Besorgung. 1. Gemüse. 2. Obst. 3. Blumen. Ein sehr nützliches Büchlein. 60 Cts.

Kunstdestillation, vollständig praktische auf kaltem Wege, oder der Liqueur-, Branntwein-, Essig-, Most- und Weinfabrikant. Fr. 1.

Traumbuch, vollständiges, oder die Kunst, alle Träume zu deuten Aus den Papieren der berühmten Wahrsagerin Mlle. Lenormand in Paris. Fr. 1

Goldgrube der nützlichsten Rezepte. Ein unentbehrliches Handbüchlein für Jedermann. Fr. 1. 50.

Helbling, Apotheker. Die Kunst oder erprobte Anleitung zur Selbstverfertigung von gemeinnützigen Handelsartikeln. Fr. 2.

☞ Demnächst erscheinen:

Freuler, Kosmus, Volksgespräche und Erzählungen nach der glarnerischen Mundart. Zweite vermehrte Auflage.

P. Gall Morel und Vogel von Glarus. Die Glocke im Lichte der deutschen Dichtung. Zweite, bedeutend vermehrte Auflage.

☞ Man bestelle gefl. entweder direkt durch die Post oder durch die nächste solide Buchhandlung.